まだ、恋を知らない
静かな夜に、互いの呼吸と衣擦れの音だけが悩ましく響いて、衝動を煽った。

まだ、恋《こい》を知《し》らない

逢野《あいの》 冬《とう》

ILLUSTRATION：壱也《いちや》

まだ、恋を知らない

LYNX ROMANCE

CONTENTS

007 まだ、恋を知らない
101 目覚ましのベルが鳴る前に
157 みずいろの馬車のオルゴール
227 夜桜
254 あとがき

まだ、恋を知らない

手のひらの中に小さな宇宙がある。

奏人《かなと》は六角形の結晶が集まった、天青石《てんせいせき》の小さな塊《かたまり》をそっと土台の上に置いた。土台にはすでに緑を模した人工素材と、ごつごつした岩で起伏が付けられている。ミリ単位のミニチュアな世界で、そのロッククラスターは青い水晶の鉱山のように大きく構えて見える。

「……」

息を詰めて、すでに作ってある爪より小さな人形を水晶の隣に置いた。登山帽に登山靴を履《は》き、背に石斧《いしおの》を担《かつ》いだ小さな人形は、この水晶鉱山を切り出そうという人物だ。

奏人の目の前は、はるか見上げるほど高い水晶の鉱山と切り立った崖《がけ》の世界になった。指先に納まってしまう空間に浸《ひた》り込んでいると、突然心地よい声が背中から聞こえてくる。

「奏人さん、入江《いりえ》さんから電話ですよ」

「え?」

振り向くと、部屋の入口で智基《ともき》が電話の子機を持って立っていた。

「携帯、何回も鳴らしたのに出ないから…と言ってました」

白いポロシャツ姿で、真《ま》っ直《す》ぐな黒髪、きりりとした涼やかな黒い瞳と、引き締まった形のよい唇。武道派らしい精悍《せいかん》な肉体。奏人とはまるで似ていない〝半分だけの甥《おい》っ子〟が、苦笑しながら子機を手渡してくれる。

「あ……ご、ごめん」

ちらりと机の横に置いてある携帯を見ると、着信のマークが点滅していた。

「もしもし…？」

保留ボタンを押して通話すると、大学時代からの友人、入江も苦笑しているようだ。

『仕事してたんだろ？　智くんがいて助かったよ』

「……ごめん」

製作に夢中になると、周りが見えなくなる。時間も音も意識から消えてしまうので、この甥っ子がいないと、本当に連絡が付かないことがたびたびあった。

『今日の約束な、俺だけそっちに行く予定だったんだけど、クライアントがどうしても同行したいって言うんだよ』

どうかな、いい？　と遠慮がちに聞かれる。

奏人は鉱物を使ったオブジェを製作するクリエイターだった。いくつかのセレクトショップで展示販売もしているが、WEBでの取り扱いがメインで、そのどちらも入江の経営するオンラインのインテリアショップを経由している。

特注品を頼みたい、という話をされていて、今日はその打ち合わせに入江ひとりが来るはずだったが、依頼主も一緒に来たいというのだ。

「うちは普通の一軒家で、ここもアトリエというほど立派なものじゃないし…どうかなあ」

亡き父が建てた築半世紀近い民家にツギハギの増改築をしているので、作業をする場所は、縁側で母屋と繋《つな》がっているだけのプレハブでしかない。

入江が少し困ったような声になった。

『いや、俺もそう言ったんだけど、彼女はお前の作品のファンだからさ、〝先生〟に直接会いたいらしいんだ』

芸術家扱いに苦笑したが、入江の声音《こわね》から察するに断りにくいのだろうと判断して承諾《しょうだく》した。

「…じゃあ、急いで掃除しておくよ。本当に、ぼろ家だからって、ちゃんと説明しておいてくれよ」

『わかった。助かるよ。あと三十分くらいで行くから』

通話を終えて、子機を受け取ってくれた智基を見上げる。

「なんだかね、お客さんが増えるみたいなんだ。今回の話の、依頼主さんも来るんだそうで…」

来客をもてなすのに、何が必要だろう。お茶とか、お茶菓子とかだろうか…と考えていると、智基が穏《おだ》やかに微笑《ほほえ》んだ。

「じゃあ、少し出る時間を遅らせます。玄関とか掃除しておいたほうがよさそうだし」

「あ、え…悪いからいいよ。授業だろう?」

玄関は思いつかなかったな、と慌《あわ》てて立ち上がると、智基のほうが先に行動していた。

「大丈夫ですよ。授業は午後からだし、後輩の稽古《けいこ》を見る約束だっただけですから、時間はどうとでもなります」

奏人も手伝おうとしたが、智基は手早く居間に客用座布団を出し、玄関にスリッパを足している。

結局、てきぱきと準備する智基の後ろで、奏人はついて歩くだけのお荷物になっていた。

智基が振り返って笑う。

「奏人さん、ここはいいですから。それより名刺を用意しておいたほうがいいですよ」

「あ…そうか……」

どこだったっけ、とアトリエに戻ると、背中から声がする。

「右の引き出しの二番目です。あと、初対面の方がいるなら、着替えておいたほうがいいんじゃないですか？」

「そうか、そうだね……」

くしゃくしゃのコットンシャツを見て、奏人は言われた通り名刺入れを取り出したあと、二階の自室に行って着替えることにした。

木製の引き出しを開けると、智基が入れてくれているシャツが、整然と並んでいる。その中から、モスグリーンのチェック柄が入ったシャツを選び、ため息をつきながら着替えた。

まったくもって面目《めんぼく》ない、と甥っ子におんぶにだっこな自分に反省する。

森《もり》奏人は、今年で二十九歳で、美大時代に作った鉱石オブジェが、運よく海外で高い評価を得て、そのままクリエイターとして細々と食べていた。

職業柄なのか性格のせいなのか、歳《とし》の割には若く見え、やわらかい印象の風貌《ふうぼう》で、人にはよく〝草食系〟と言われる。人のよさそうな笑顔も、誰かに仕切ってもらわないとぐだぐだになってしまう生活力のなさも、智基とは正反対だ。

「ふう……」

智基に頼りきりなのは、仮にも保護者なのだから、よくないとは思っている。

成人しているし、年よりずっとしっかりしているとはいえ、智基はまだ大学生だ。叔父《おじ》ではあるが、彼を引き取ったのだし、やはりもっとしっかりしなければいけないと思う。

「でもなあ……」

こざっぱりした格好で階下に下りると、居間には木天板のこたつ兼用テーブルが出されていて、きちんとカバーの掛けられた来客用座布団が並び、続き間のダイニングを見ると、テーブルにはもう茶《ちゃ》托《たく》もポットも用意されていた。

「ごめん、悪いね。ありがとう」

「いえ…」

さりげなく微笑む智基に、頭を掻《か》きつつ謝る。この手際のよさに、まったくかなわないのだ。

しばらくすると、外から車を停《と》める音がした。チャイムが鳴るより前に智基が気付く。

「来たみたいですね」

さっと玄関に行き、来客を出迎えてくれる。奏人も慌てて身なりを見直してから遅れて向かった。

「おう、智くん、さっきは助かったよ」

大学時代の同級生だった入江が入ってきた。入江は卒業と同時にＷＥＢデザイナーになったが、同時に親が経営するインテリアショップのサイトを立ち上げ、経営を手伝っている。その縁で、作品の販売はすべて入江に頼めた。

「すみません、突然押しかけてしまいまして…」

黒縁の眼鏡《めがね》を掛けた入江の隣で、黒髪のきれいな女性が丁寧に頭を下げていた。

明るくて華がある、けれど経営者らしいきっぱりした強さを感じさせる女性だ。

軽く毛先を捲《ま》いた黒髪、堅苦しくならない程度の紺のスーツに、白いシフォンブラウスがやわらかい印象を与える。

「新社屋の部屋に飾るので、どうしても自分でイメージをお伝えしたくて」

「あ…、はい」

にっこりと微笑む女性に、奏人は気圧《けお》されて曖昧《あいまい》に挨拶《あいさつ》を返した。女性が苦手ということではないが、日頃あまり接しないのでどうも緊張する。

一瞬、全員が沈黙した。その間《ま》を入江が明るい調子で埋める。

「上がっていい？　居間かな」

「すみません、どうぞこちらです」

はっと気付いたように、智基が案内した。

奇妙な空気はすぐに取り払われ、一行は居間に向かった。

「改めまして、今回、ご製作をお願いしました新澤《しんざわ》です」

女性が差し出した名刺には、ハウスウエディングをメインにした企業の名が記されていた。その他にも、婚活サイトやブライダルギフトなど、関連する事業を水平展開している。これまで名前を聞いたことがないので規模はそう大きくないのだろうが、新社屋を建てるくらいだから、勢いはあるらしい。

「先生の作品の大ファンで、自宅でコレクションしているんです。だから、社屋を持つ際にはぜひ先生にオリジナルをオーダーしたいと思っていて」

にこやかに話されて、奏人は困りながら礼を言う。

「ありがとうございます。あの、でもその〝先生〟はやめてください。僕はそんな大層なものではないので」

そんなことはありませんわ、と女性社長は生命力の強そうな笑みを浮かべた。

「本当に素敵な作品をお作りになるんですもの。それに、先生は私の想像通りです。きっとふんわりした優しい方なんだろうなと思っていましたから」

「はあ…」

智基が出した茶を、新澤はワインカラーのきれいなネイルが施《ほどこ》された指で持つ。

「あら…美味《おい》しい。お若いのに、お茶を淹《い》れるのがお上手なんですね。先生のお弟子さんでいらっしゃるのかしら？」

「いえ、甥っ子なんですよ」

な、と笑いかけると、テーブルから離れた場所に控えていた智基が、丁寧に新澤社長に頭を下げた。

「森智基です」

「まだ大学生なんです」

「イケメンでしょ？」

入江の茶々に、新澤が華やかに笑う。

「ええ、本当に。最初にお見かけしてそう思いました」

ご一緒に住んでいらっしゃるんですかと聞かれ、智基は居間の床の間を埋めている仏壇《ぶつだん》に視線をやった。

「両親が交通事故で亡くなって、それからこちらにお邪魔しています」

「まあ…ごめんなさい。立ち入ったことを伺《うかが》ってしまって」

「いえ、もう七年前のことですから」

気軽に話題にしただけだとわかるからだろう、奏人が答えるより早く智基が答えていた。

「でもね、どちらかというと僕のほうが面倒を見てもらっている感じだから…」

実情を言うと、入江がそれは確かに、と笑う。

「智くん、学校大丈夫？　奏人の面倒は俺が見ておくから、もう行っていいよ」

「おい、ひどいな」

奏人は顔をしかめたが、入江と智基は本人を差し置いて、勝手にやり取りをしている。

「じゃあ、お願いします。奏人さんは昨日から徹夜しているので」

「おう、任しとけ。そこらへんも労《いたわ》っとく」

「夕方までには戻りますから」

智基が剣道用具を背負い、梁《はり》にぶつかりそうな竹刀《しない》を手で避け、ぺこりと礼儀正しく頭を下げた。

「本当に、いい男に育ったよなあ」

剣道部・元主将の端正《たんせい》な後ろ姿を見ながら、入江が感慨深げに言った。

新澤が仏壇に置かれた遺影を見ているので、奏人は説明を付け加える。

「それが、智基の父親です。僕には異母兄に当たるんですが」

「そうなんですか…」

事情は特に隠すことでもない。智基の父親は、前妻の子だった。前妻が亡くなったあと、奏人の母が嫁いだのだ。

「智基の父は、パイロットだったんですよ…」

モノクロの遺影に写る異母兄の智則《とものり》は、智基によく似ている。きりっと整った、若い女性が言うところの「和風イケメン」で、夫人とは職場結婚だったと聞いている。智則の隣の遺影に写る夫人は、グランドスタッフらしい、清楚《せいそ》で華のある笑顔だった。

事故にあった日はふたりの結婚記念日で、めずらしく夫人が成田《なりた》まで智則を迎えに行き、一緒にタクシーで帰ってくる途中だったという。ひとりっ子の智基は、まだ中学生だった。

「僕も、当時まだ父を失って二年ぐらいでしたから、なんだか放っておけなくて」

「……」

いまだに、あの葬儀《そうぎ》の日のことは奏人の胸に焼き付いている。

斎場《さいじょう》で、詰襟《つめえり》の制服を着た喪主の智基が、背筋を伸ばしてじっと祭壇を見つめていた。

葬儀社の人が何かを小声で指示するたびに、彼は頷《うなず》いてその通りにしていた。焼香《しょうこう》も、会葬者への挨拶も、ひとりで喪主の役割を果たしているのが見ていて辛《つら》くて、本当はひっそりと焼香だけして帰ろうと思っていたのに、気が付いたら名乗ってしまっていた。

「森奏人です。お父さんの、異母弟です。僕に何かお手伝いできることがあれば…」

ハッとした顔をしたのは、智基だけではなかった。親族席では叔母《おば》たちが〝森家の後妻の息子が来た〟という顔で眉を顰《ひそ》める。

「……」

水商売上がりの若すぎる母は、親族の評判が悪かった。母を嫌がった異母兄はそれで実家と縁を切ってしまったくらいだ。

向けられる視線に身が竦《すく》んだが、それでも礼儀上なのか、叔母たちから親族席に座ることを促《うなが》された。

やがて弔問客《ちょうもんきゃく》が退《ひ》け、あとは親族だけの通夜になった。棺《ひつぎ》の傍《そば》でじっと遺影を見つめている少年を置いて、お浄《きよ》めの席では誰が智基を引き取るのか、とか、遺産がどうのとかいう生々しい話が密《ひそ》やかに行われている。

《うちもね、もうちょっと家が広かったら引き取れるんだけど》

《交通事故だから、保険はけっこう下りると思うのよ》

《智則さん、まだ若かったし。パイロットだもの、それにマンションだって…》

今する話なのだろうか、と胸が痛くなる。親を失ったばかりの中学生の心を支えるほうが大事なのではないか…、そんな気持ちでいっぱいだった。

奏人は聞こえてくる会話に嫌気がさして智基のところに行った。

「智基くん……」

「……叔父さん」

声をかけると、智基が振り返った。

落ち着いた様子で喪主を務めた智基だが、詰襟の金ボタンが、彼の本当の年齢を強く主張している。その襟元を見た時、奏人は思わず口に出していた。

「あのね…君さえよかったらなんだけど、君のお祖父《じい》さんの家で暮らさないかな。今は、僕ひとりしか住んでいないから」

今でも思う。よくあの時、あんな大それた発言ができたものだ。

社会人一年目の若輩者《じゃくはいもの》と中学生の、危なっかしい同居生活…。

マンション以外の遺産管理権を放棄《ほうき》することで、親族との争いは回避できたが、順風満帆《じゅんぷうまんぱん》だったわけではない。男ふたりの暮らしは慣れるまで大変だったし、奏人は保護者としてはほとんど役に立たなかった。けれど、その歳月を改めて心の中で思い返すと感慨深い。

「そんなに年数が経《た》ってると思ってなかったけど、もう七年になるんだな」

「智くんが大きくなるはずだよな」

「うん…」

ついしんみりしてしまい、来客中だったことを思い出してはっと笑顔に戻した。

「すみません、初めていらした方に……それより、ご依頼品の話ですよね」

空気を塗り替えるようにサンプルを持ってきて、三人でオーダー品の打ち合わせを始めた。

◆◆◆

夕方、奏人は窓の外が茜色《あかねいろ》に変わっているのに気付いて、慌ててベッドから起きた。客が帰ったあと、少しだけ休むつもりが、かなりぐっすり眠ってしまったらしい。階下に下りると台所から鼻腔《びこう》をくすぐるいい匂《にお》いがする。

「お帰り。ごめん、なんか随分寝ちゃったみたいだ」

声をかけると、智基が顔を上げる。品のよい口元がくすりと笑った。

「徹夜したんですから…。ちょうど盛り付けるところだったんです。よかった」

蛍光灯が横に渡されているだけの、昔ながらの流しに立つ智基の、真っ白いポロシャツの襟が眩《まぶ》しい。がっしりした体格に、律儀《りちぎ》にエプロンをしているのも妙にさまになっていた。

手際よく夕食が作られている。

トマトとアスパラのサラダに、山芋《やまいも》とオクラの載った冷奴《ひややっこ》が用意され、ピーマンの肉詰めがじゅうじゅうと鉄のフライパンの中でいい匂いを漂わせていた。

食事を含め、日常の家事のほとんどを智基がやってくれている。

「……」

両親の葬儀やらマンションの退去やらが一通り済み、この家に来てからすぐのことだ。一週間ばかりカップラーメンと出来合い弁当の食事が続いたあと、智基が思案気に言葉を選びながら提案してきた。

「あの、もしよかったら、僕が食事を担当しましょうか。簡単な野菜炒《いた》めぐらいならできます」

「あ……うん……そう、そうだよね」

カップラーメンだけでは栄養が偏《かたよ》るという知識はあったが、奏人はほとんど炊事ができなかったのだ。

――結局、なんだかんだで、お任せしちゃったんだよなあ。

父が亡くなってから、母親は一年も経たずに新しい恋人の元に行ってしまった。随分前から冷めきった夫婦だったから、仕方がないのかもしれない。この家を残してくれただけでも御《おん》の字というところだろう。奏人も成人していたので、特に困ることはなかった。ただ、それはひとりで生きている分には、ということだ。

養っていかなければならない相手を前にしながら、奏人の生活力はほとんど壊滅的《かいめつてき》に乏しかったと言わざるを得ない。

申し出に甘え、財布《さいふ》を渡し、そこからは家事のほとんどを智基にお願いしている。

――中学生とは思えなかったもんなあ。

時々、彼が引き取られたことに遠慮してあれこれ家事をしているのではないかと心配になってしまう。けれど、それを問うと、智基は目を伏せて微笑む。

『俺が好きでしていることですから』

智基は中・高・大学と剣道部だった。主将を務め、大学は教育学部だ。学業と武道で十分忙しいだろうに、家事を完璧にこなしてくれる。

フライ返しで肉汁の滴《したた》るピーマンを皿に移し、慣れた手つきでテーブルに置く様子を眺《なが》めていると、智基が手を止めた。

「どうしたんです？」

「あ、いや……智基も、学校だの剣道だので忙しいだろうに、あれこれやらせちゃって悪いなと思ってさ」

今さらだけど、と言うと、智基が冷蔵庫からビールを取り出して差し出してくれる。

「何も悪いことなんかないですよ。俺はこういうことが苦にならないので」

「でもさ…」

「奏人さんには、創作活動に専念してほしいんです。だから、雑用は俺がやります」

「創作だなんて、大げさだよ。僕のはただのオブジェだから」

「そんなことはないです」

あまりに真摯《しんし》な顔に、奏人は缶ビールのプルトップに指を掛けたまま、引くに引けなかった。

「奏人さんの作品の世界はとてもきれいで、俺にはすごい芸術に見えます」

智基の視線が少しずつテーブルへと下がっていく。

「奏人さんはすごい人です。ああいう美しい世界を心の中に持っているんだから」

「そんなんじゃないよ。持ち上げ過ぎだって」

真顔で言われると、とても照れくさい。

「僕は、石いじりが好きで、たまたま好きなことがメシの種になったというだけのことだから…。そこらにいる男と変わらないし、どっちかっていうと大人としては不出来なほうだろう？」

実際、引き取ると大口を叩《たた》いたくせに、何ひとつ面倒見れてない、と言うと、智基は苦笑を見せた。

「まあ、それは…。確かに俺も、初めてこの家に来た時は、大人に対する概念が崩れましたが」

――やっぱりそうなんだ……まあ、そりゃ驚くよな。

妙に納得する。

「こんなに何もできない大人がいるんだと、衝撃でした。〝ああこれは、俺がちゃんと面倒見なきゃ〟と使命感に燃えましたから」

「あー、ひどいなあ。中学生にそんな決心させちゃったのか」

智基はくすりと伏し目がちに笑った。笑うと、きりっと整った顔に甘い優しさが滲《にじ》む。

智基はよく躾《しつ》けられた中学生だった。男の子なのに、小さい頃から共働きの親を助けていたから、食事を作ることから、掃除、洗濯まで一通りできた。

タワーマンションに住み、私立中学に通い、進学塾でトップクラスの成績を収めていた文武両道の智基にとって、東京《とうきょう》とはいえ、三鷹《みたか》の奥地にあるオンボロ屋敷のぐうたら生活はさぞ衝撃だっただろう。

「でも、俺は奏人さんのところにいられて本当に幸せなんですよ。……家事をしているのは性分《しょうぶん》なんです。放っておけなかったんです。奏人さん、栄養が偏っていて細過ぎだったし、食事に頓着《とんちゃく》しないようだったから」

「おかげでだいぶ太くなったよ。ほら」

ぱしっと腕相撲《ずもう》のように目の前の右手を取ると、智基が驚いた顔で固まる。

腕力が付いた、とアピールするつもりだったが、握った智基の手はそのままパタンと反対側に倒れ、はずみで小皿がかたんと音を立てた。

「……」

組んだ手が、いつまでも奏人の手を握っている。

「なんだよ。わざと負けてくれなくてもいいのに」

年上に対して礼節《れいせつ》を守る彼らしい。勝ちを譲《ゆず》ってくれたんだなと思って笑うと、智基が慌てて手を離した。

「…すみません」

「…？」

「ご飯、よそいますから」

「うん…」

気のせいか、智基の目元に赤みが差した気がした。

湯気の立つ茶碗《ちゃわん》を渡してくる智基が、少し見慣れない表情をしている。

考え込んでいるような、複雑な顔だ。

「…？」

「今日のお客さんは…」

「ああ、あのオーダーね」

女性社長が熱心に語ってくれたコンセプトを説明する。

「なんかね、社長室に飾りたいんだそうだ。それで、いつもよりサイズも大きなものを希望されてて」

「…すごいじゃないですか」

これまで直接買い手からオーダーを受けることはなかった。わざわざ、依頼主が来ることも初めてだ。

「でも、テーマが抽象的で」

「〝愛〟なんだそうだ……」

どういうものか、と尋ねられると、口に出すのはけっこう恥ずかしい。

智基もコメントを上手《うま》く返せないらしくて黙っている。

「けれど、だからといってベタにハート型にするとか、ウエディングドレスを着た人を出すとかそういうのは嫌なんだそうで……」

「難しいですね」

「うん……何しろ、一番縁遠い世界だからね」

苦笑したが、智基は笑わなかった。

「智基？」

「え、いえ……社長、女性なんですね」

「うん？　まあ、今時女性で起業してる人も、少なくないんじゃないかな」

「……そうですね」

智基にしては、ピントの合わない対応をしているなと思ったが、やがて話は後輩の剣道の試合のことに移ってしまい、依頼品の話はそれきりになった。

◆◆◆

奏人はアトリエのサッシ窓から空を眺めた。暮れかけていく空が、どこまでも遠くオレンジ色に輝いている。

「愛、かあ……」

依頼品の設計図はまだできていない。ここ数日ずっと考えてはいるが、具体的な形は浮かんでこなかった。

愛とは何かと、改めて問い直してみると、自分にはよくわからない。

親子ほど年の離れた夫婦だった両親は、それなりに奏人を可愛《かわい》がったが、どこかかすがい的な存在だった。それが家族愛なのだと言われればそうだろうし、余所《よそ》と比べることができないので、よくわからない。

誰かを愛したことがあるか、と問われると、これも答えられない。

学生時代の彼女のことを好きだったのかと聞かれれば、たぶん、好きだったのだろう。けれど、自分がそのどこに惹《ひ》かれていたのかは、もう明確に思い出せない。もしかしたら、今どこかですれ違っても、気付かないかもしれないくらいだ。

愛を、どう表現すれば形になるのか、考えてもさっぱりわからない。

――難問だなあ。

いつも、石を基準にオブジェを作っていた。まず鉱石があって、それに合わせた世界観を構築していたのだ。けれど、今回はそうではない。テーマが先にあるのだ。

頰杖《ほおづえ》をついて眺めるガラス窓越しの空は、沈んでいく太陽の反対側から、少しずつ藍色に染め変えられている。

もうすぐ、深い紺色の夜空になるだろう。青い膜のように地球を覆う昼の空より、まるで宇宙空間にぽっかり浮かんでいるように思える星空のほうが、奏人は好きだった。

どこまでも続く真空の宇宙。瞬《またた》く小さな星々の間で、ぽつんと漂うひとりぼっちの青い惑星……。

いつもそんな景色しか想像できなかった。

――愛なんて、似合わないな……。

依頼品を、注文主が満足できるような形で作れるのだろうか……。

引き受けたものの、考えるほど行き詰まり、奏人の手は止まったままだ。けれど、納品日を考えると、そうそうのんびりと悩んではいられない。そろそろモチーフだけでも固めなければ作業の時間が足りなくなってしまう。

――入江に相談してみようか。

入江が立ち上げているサイトには、実店舗がある。元々、入江の両親が経営している店が母体なのだ。依頼主の新澤はこの実店舗の近くに住んでいて、たまに訪れるらしい。
入江なら、新澤の好みの傾向をよく把握しているかもしれない。
せっかくオーダーしてくれるのだから、なるべく彼女の気に入るものを作りたい。そう思って、入江にメールを入れた。
《あのさ、例の社長室に飾る依頼品の件。時間がある時でいいんだけど、相談していいかな？》
ちょっと方向性に迷っちゃって…と正直に追記して送信すると、しばらく置いて返信が来た。
《OK。今やってる仕事を納品したらそっちに行くよ、明日か明後日でいい？》
いつでも、と承諾を伝え、奏人は別なオブジェの下準備に手を付け始めた。

入江に相談メールを送った翌日の夕方だった。智基が大学に行き、誰もいない家でアトリエと居間をうろうろと行き来している時、玄関の呼び鈴《りん》が鳴った。

——宅急便かな？

依頼品のことが気になって、他の作品に集中できず、用事を見つけては製作から逃げ回ってばかりいたので、これ幸いと玄関に向かう。

「はーい」

誰何《すいか》もせずにがらがらと引き戸を開けると、目の前にいたのは、フューシャピンクのスカートに、白いカットソーを着た女性だった。

「……新澤さん」

「すみません。ご連絡もせずに」

新澤はにこっと華やいだ笑顔で小首を傾《かし》げ、よく手入れをされた手で手提《さ》げ袋を差し出す。

「これ、差し入れです。お口に合うかどうかわからないんですが」

陣中見舞いです、と言われて戸惑《とまど》いながらも、有名焼き菓子店のロゴが入った紙袋を受け取る。

どうしたのだろう、と驚いた顔のままでいると、新澤がやわらかなピンクの唇でにこっと笑った。

「昨日、たまたま入江さんのお店に立ち寄ったんです。そうしたら、私のオーダー品のことで森先生が悩んでくださってると伺って」

ごめんなさい、難しいオーダーをしてしまったかしら。と謝られ、奏人は恐縮して首を振った。

「とんでもない。こちらこそすみません。気を遣《つか》わせてしまって……」

社長なのだから仕事で忙しいだろうに…と恐縮すると、新澤は直帰《ちょっき》にしたから大丈夫なのだと言う。

どう返してよいかわからないまま間を置くと、新澤が提案してきた。

「よかったら、もう少し作品の方向性についてお話ししませんか？」

時間には余裕があるのだ、という態度を取られると、断りようがなかった。

「あ、あの…じゃあ、よかったらどうぞお上がりください」

話の内容は仕事のことだというものの、男ひとりの一軒家に女性を上げてよいものか…と判断に迷ったが、新澤のほうはまったく気にしていないようだった。華やかな顔をさらにぱっと明るくして微笑む。

「いいんですか。すみません、じゃあお邪魔します」

迷うことなく応じる新澤はさすが経営者だな、と感心した。物腰も当たりもやわらかいが、さりげなく自分の意志を通す強さがある。

「先生のアトリエって、どちらなんですか？」

きょろきょろと居間を見渡す新澤に、奏人は苦笑した。

「そんなにすごいものじゃないですよ、庭に増築しただけのプレハブです」

あれです、と縁側の左側を指差すと、興味深そうな視線を向けて新澤が身を乗り出す。

「少しだけ拝見させていただいたりできないかしら…ご迷惑ですか？」

気になって仕方がない、という態度に出られると、駄目とも言いにくい。特にこだわるものでもないので、新澤の望むままに作業部屋のドアを開けた。

「素材や工具が散らばっているから、幻滅してしまうかもしれないですよ」

「そんなことないです！　製作現場ですもの。私、きれいな物とか可愛い物に目がなくて、本当にずっと先生の作品には憧《あこが》れてたから、すごく興味があるんです」

その、先生というのを止めてほしいな、と思いながらも、はしゃぐ新澤の様子に水が差せない。

社長らしい外柔内剛《がいじゅうないごう》な部分はあるが、少女のように瞳をきらきらさせているのを見ると、本当に自分のオブジェを好きでいてくれるのだというのを感じるのだ。

新澤は、部屋の棚に飾ってある私有の作品や、素材の鉱石、パーツを眺めて感動したようにため息をついている。

「先生の作品を、最初に見たのは親戚《しんせき》の家なんです。従姉《いとこ》がこういうアート系の仕事をしていて…」

ぱっと見ると小さくておしゃれなアンティークオブジェとしか思えなかったのに、覗《のぞ》き込んだ世界の奥深さに、惹き込まれたのだという。

「見つめていると、自分まで小さくなってその世界に入り込んだような気持ちになってしまうんです」

それ以来、自分でもコレクションをするようになったと言われて、こそばゆい気持ちになった。

「わあ、これも素敵。こういうのは見たことがないわ」

クラシカルなベルが両側に付いた真鍮《しんちゅう》の置時計を見つけて、新澤が手に取った。

「この六時のところの窓、可愛いですね。これは販売してないんですか」

時計は既製品だが、文字盤のⅥの上に、丸くくり抜いた部分があって、親指程度の大きさのそこに、ガラスの半球が嵌《は》め込んである。その中には三日月と太陽、星を鉱石で作って、雲の飾りと一緒に置いてある。奥から時計の歯車が覗くように文字盤もくり抜いてあった。月の横で、小さな人間が星を持ち上げて三日月に載せようとしている。

「これは、僕が自分のために作ったものなので、非売品です」

　えー、残念、と子供のようにがっかりした顔をして、いつまでも手に持ったまま眺めている新澤に、奏人は椅子《いす》を勧めた。

　どうやら、居間での話は無理なようだ。新澤は作業部屋に興味津々で、動きそうにない。

「それはけっこうけたたましい音が鳴る目覚まし時計なんですよ。そのくらい大きい音じゃないと、僕が気付かないので選んだんです」

「先生、このお部屋で寝起きしてらっしゃるんですか？」

　目を丸くする新澤の横で、自分の椅子に座る。

　プレハブ小屋の窓から、少し黄味を帯びた空と庭の柿の木の枝葉が見えた。きっともうすぐ日暮れだ。

「いえ、でも、気が付くと徹夜してしまうことがよくあって…」

　不思議そうな顔をしている新澤に、奏人は苦笑しながら時計製作の由来を話した。

「甥っ子の智基と暮らし始めたばかりの頃に、僕はよく彼をほったらかしにしてしまっていたんです」

　意気込んで引き取ったあと、保護者として頑張らなければという気持ちはあったが、いざ製作に入ってしまうと、時間や寝食のことは完全に忘れて没頭してしまっていた。

　身体《からだ》が限界になると、アトリエで突っ伏して眠る。それまでの生活がそうだったから、つい習慣で同じようにしてしまっていた。

「そうして、ある時たまたまトイレに行くので部屋を出てようやっと、甥っ子をひとりで学校に行かせていたことに気付いたんです」

冬の明け方、剣道の道具を持ち、ひとりで黙々と朝練に向かう智基の姿を目にして、奏人は声をかけることができなかった。

「智基は何も言わなかったから、そんなさみしいことをさせていたんだってこともわかっていなくて……」

お金を渡して、不自由はさせていないつもりでいた。製作をしていない時はなるべく会話をするようにしていたが、それだけでいいはずがなかったのだ。

「〝おはよう〟も〝行ってらっしゃい〟もなく、それで家族のつもりでいたんです」

通勤などの事情があってすれ違うなら仕方がない。けれど、同じ家にいて、見送ることも出迎えることもないのでは保護者失格だ。

仕事をしているのだから、と智基は一切不満やさみしさを訴えてはこなかった。

奏人はひとりで猛反省し、目覚まし時計をこしらえた。時計は智基が出かける六時の部分に意匠《いしょう》を凝《こ》らし、その時間に大音量のベルが鳴る。

「どんなに仕事をしていても、朝だけは見送れるようにしたんです」

初めて玄関で行ってらっしゃいと声をかけた時、智基は驚いた顔をし、そして次に嬉《うれ》しそうに笑顔を見せて、行ってきますと答えてくれた。

その笑顔に胸が詰まった。そして、それまで我慢させていたことを心から反省し、それからはどんな時も朝だけは必ず見送りをして、智基が中学、高校に通う数年間を過ごした。

「智基が大学生になった時に、見送りはもういいから…と辞退されて、この時計は引退になったんですけどね」

「まあ…」

今はただ飾ってあるだけだけれど、大切な思い出の品だ。

智基と短い挨拶を交わすだけの、朝の貴重な時間。やがて、どうしても起きられない時は智基のほうが目覚ましのベルを止めに来てくれるようになった。

そうやって少しずつ、他人行儀だった距離が縮んでいったような気がする。

「思い出の品なんですね」

「ええ…」

智基は、明るいし闊達《かったつ》だが、体育会系だからなのか、性格なのか、あまりぺらぺらと会話をするほうではない。奏人もどちらかというと社交的ではないので、お互い、気兼ねなく話せるようになるのには随分時間がかかった。

生まれた時から互いに交流がなかったのに、いきなり馴《な》れ馴《な》れしく親戚面《づら》をするのも押し付けがましいような気がしたし、そういう上っ面だけの行動は苦手だった。

できるだけ、智基が失った家族や生活の代わりになる居心地のよい暮らしをさせてやりたいとは思っていたが、それができていたかというと、どうにも反省の念ばかりが湧《わ》いてしまう。

けれど、おはようとかお休みとか、家族として関われる機会だけは、大切にしてきたつもりだ。智基にとっては普通の家庭に引き取られるよりずっと大変な生活だっただろう。それを嫌がらずに受け入れてくれたことに、心から感謝している。

「甥御さん、素敵な大人になりましたものね」

気が付けば空気のようにそこにいる心地よい関係。智基との暮らしは、穏やかで安らかだ。

「そうですね。でもまあ、こちらが面倒を見てもらってばかりなんですが」

照れて笑った時、玄関の戸を引く音がした。智基のただいまという声に、新澤が笑う。

「くしゃみをしてるかもしれないわ」

噂《うわさ》話をしたから、と楽しそうに言っていると、声がしたからだろう、智基がアトリエに来た。

入口で立ち止まり、新澤に視線をやる。

「お帰り、早かったね」

「……あ、ええ」

「こんにちは、お邪魔してます」

新澤がにこやかに会釈《えしゃく》をしたが、智基は口を閉ざしたまま、彼女の膝の上に置かれた時計を見ていた。

「新澤さんがね、差し入れに来てくれたんだ。目覚まし時計の説明していたとこ」

「あ、…ああそうですか」

焼き菓子の入った紙袋をひょいと持ち上げてみせると、智基が我に返ったようにそれを受け取る。

「ごちそうさまです、お茶を淹れますね」

「あ、そうか。すみません、お客様にお茶も出さないで」

不作法を詫《わ》びると、新澤が時計をテーブルに置いて立ち上がった。

「いえ、アポなしで押しかけたのは私ですから。あの、もう夕方ですし、よかったら三人でお食事でもしませんか？　今日は車で来ましたから」

吉祥寺《きちじょうじ》に美味しいオイスターバーがあるんですよ、と親睦《しんぼく》を深めるための食事を提案された。

智基が奏人のほうを向き、新澤も奏人に向かって〝どうですか？〟と笑顔を向けてくる。

「え…いや……でも、智基、もう夕食の食材買っちゃっただろ？」

「…保存は利きますから、大丈夫ですよ」

——でも、なあ……。

明確に言葉にならない不同意の感情に、奏人は断る口実を探して、やはり食材を理由にした。

「いや、でも、せっかく買ってきたんだし、悪くなるといけないから」

何を買ってきたのかも知らないくせにそう言い張ると、新澤はあっさり引いてくれた。

「そうですね。じゃあ、また今度にしましょう。入江さんもお誘いして」

「あ、そうですね」

遅くまでお邪魔してしまってすみません、と新澤はにこっと会釈をしてアトリエを辞した。

玄関まで見送ると、新澤が挨拶のあとに振り返る。

「先生、作品のことでしたら、またいつでも時間を取りますので、遠慮なさらずご連絡ください」

「ああ、はい。すみません」

結局、依頼品の内容については触れずじまいだった。

「じゃあ、智基くんも、お邪魔しました」

秋の夕暮れの光を受けながら、新澤は最後まで笑顔で帰っていった。

◆◆◆

翌日は土曜日だった。どんよりと曇った空は重く、わずかな雲の切れ目から、黄金色の夕空が覗いている。

奏人は相変わらずアトリエで石を弄《もてあそ》んでいた。

せっかく新澤が来てくれたのだが、依頼品についての話は何もできなかった。けれど、個人的に彼女に連絡をするのはどうも気が進まない。

「…ふう」

作品のファンだから、という理由はわかるが、やはり距離を詰められると緊張する。

やわらかい透明感のある薄緑に、紫色が混じったフローライトの塊を手に、奏人は机に頬杖をつく。

「愛…か…」

やわらかいもので、温かいものかなあ、と想像して、色味のやわらかい鉱石ばかりを並べた。甘々しいものは嫌だと新澤は言っていたから、ピンクや赤系の石を外している。

「……」

じっと眺めているうちに、鉱石の縞《しま》の中に入り込んだような気分になって、そしていつの間にかうとうとと目を閉じていた。


目を覚ましたのは、腕の痺《しび》れを感じたからだ。ぼんやり目を開けると、突っ伏して自分の腕に頭を乗せ、すっかり寝込んでいた。窓の外は、今にも降り出しそうに垂れ込めた重い雲のせいで暗い。

——何時だろう。

今日は入江が来るって言ってたのにな、と思って傍に置いてある携帯を見ると、メールと着信のマークが出ていた。

——またやっちゃったか。

入江からだ、と画面をチェックしようとした時、居間のほうから話し声がした。

ああ、なんだもう来てたのかと、聞き慣れた声に立ち上がりかけて動きが止まる。

閉め忘れたドアから聞こえる声にドキリとした。

「あの方は、奏人さんのことが好きなんですか？」

――智基？

いつになく、智基の声が硬い。けれど、入江はそれを軽く笑って返している。

「なに？　智くんも彼女のことが気になるの？」

「そんなんじゃないです」

「たぶん、彼女年下大丈夫だよ。なんなら橋渡ししようか？」

からかう入江に、智基の声が少し怒ったような色を滲ませる。

「違います、俺は奏人さんが……っ……」

はっとしたような空気と長い沈黙が、奏人の動きを固まらせた。すかさず茶々を入れるだろうと思っていた入江の言葉がない。

智基がどんな表情をしたのかが、気になった。動けず、部屋を出ていくことができない。距離を隔《へだ》てているのに、沈黙の緊張感が、何か重くアトリエまで伝染しているようだ。

「智くん、もしかして……」

奏人の心臓が不規則に速まる。カサカサ、と風に揺れる柿の木の葉音が、妙に耳についた。

「……」

こんなに重い沈黙を、感じたことはない。長く鎮《しず》まった時間のあとに、低く、抑えたような声がした。

「奏人さんには……言わないでください」

——何、を…？

息すら止めてじっとしていると、聞き取れるかどうか、という程度の声がした。

「一生、言うつもりはないんです」

「智くん、でも…」

「奏人さんはゲイじゃない」

予想も付かなかった言葉に、机に置いた手がびくりと動いた。

「もう、随分前に自分で結論を出してあるんです。俺は、奏人さんの創作活動を支えるだけで十分満足で、それだけでいいんです」

聞こえなくなりそうなほどボリュームを抑えた会話に、バクバクする心臓を押さえ、聞き耳を立てる。

中途半端に開けてあるアトリエのドアの向こうから、苦悩したような智基の声がする。

「俺も、同性愛者ではないです。ただ……奏人さんのことが好きなだけです………」

発せられた言葉に、指先が引き攣《つ》れた。

——好き………？

「……あいつ、たぶん全然気付いてないぞ」

「気付かれないようにしてますから」

苦笑なのか、少し哀《かな》し気な、力のない笑いが混じった響きだ。

「おかしいですよね。自分でもわかっているんです。けれど、この気持ちは消せなかった」

静かな告白に、入江の声も潜《ひそ》められている。

奏人は椅子から立ち上がりかけたまま、動くことができなかった。まったく予想しなかった智基の気持ちを知って、どうしていいかわからない。

――僕は……。

何も気が付かなかった。何年も一緒にいたくせに、智基がどんな気持ちを抱いていたかなど、まして恋なんて、微塵《みじん》も考えたことがなかった。

動揺と、それ以外の何かで動けない。出ていくわけにもいかず、かといってどうしてよいかも思いつかず、とにかく寝たふりでもいいから元の場所に戻ろうとして椅子に足が当たり、がたんという間抜けた音を立ててしまった。

縁側の向こうで、緊張感が走ったのがわかる。けれど、何気なく起きたふりをするほどの演技力もなく、入江がアトリエに様子を見に来た時、奏人は曖昧に〝今起きた〟という体《てい》を取った。

けれど、挙動不審なのは悟られたのだろう、入江が妙に気遣ってくれる。

「お前さあ、何回もメールしたんだけど」

「ご、ごめん……ここのところ、寝不足でさ」

しょうがないなあ、と言われながら一緒に居間へ移動したが、智基の顔はとても見ることができない。心臓がバクバクして、普段通り話そうとするのに、声が上擦《うわず》る。

「それでさ、相談の件ね……入江んとこにある画集、資料用に借りられないかなと思って」

こんなの持ってただろう？　と、その場で思いついた口実を必死ででっち上げ、借りに行く名目を作る。とにかく、この場で智基と一緒にいることができなかった。

聞かなかったふりができない。

「今から行っていいかな」

いいよ、という入江の言葉にすがるようにして、慌てて家を出た。

「悪い、智基、ご飯先に食べてて」

「……はい」

玄関を出がけにちらりと智基を見るが、奏人は複雑な視線から逃げるように、入江の車に飛び乗った。

◆◆◆

家まで送る、という入江の申し出を断って一駅電車に乗り、自宅方面行きのバスを避け、とぼとぼと歩いていた。午後八時を過ぎて、ほとんどの人はターミナルに停まっているバスに乗り、歩いて帰る人は、傘を取り出している。

「……」

ぽつぽつと降りだした雨粒は大きく、それほど駅から離れないうちに、アスファルトは雨粒が塗り潰《つぶ》していた。雨足が徐々に強まり、傘を持たない人は近場に住んでいるのか、急ぎ足で奏人を追い越していく。

家までは、バスで十数分ある。歩けば濡《ぬ》れるのはわかっているから、ビニール袋にくるまれた画集を抱え直したが、引き返してバスに乗る気持ちにはなれなかった。

「……」

まだ、気持ちの整理がつかない。

《好きなんだろう、というのは、一発でわかったよ》

入江の家に向かう途中、居間での話のいきさつを教えられた。

あからさまなほど、自分は動揺していたらしかった。

《智くんの顔が、本当に泣きそうでさ……》

入江が来た時、奏人は熟睡していて、起こしに行こうとした智基を入江が止めたのだそうだ。

《もうすぐ起きるだろうと思って、待っている間に智くんとだらだらしゃべってて…》

とりとめのない話の中で、入江は新澤の経営する婚活サイトのことを持ちだしたらしい。奏人は恋愛音痴なのだから、愛とはなんぞやなどと悩む前に、実地で経験すればいいのだと軽口を叩いた。

《まず手近なところで、新澤さんなんかお似合いなんだよなって言ったら、智くんの顔色が変わって

…》

そう言われて思い返すと、いつもは誰に対しても折り目正しく対応する智基が、新澤の訪問の時だけ、態度がおかしかった気がした。

《納得してるなんて、口でいくら言ってもな。恋なんだから、そんなに理詰めでいけるわけないじゃん》

実際、新澤が訪問してきたり、ちょっと積極的に来られたりしただけであやって動揺してるし…。

と入江はハンドルを握りながら呟《つぶや》いた。

——そんな…。

新澤と恋愛など、まるで考えられない。けれど智基はそう心配したのだ。そう言えば、アトリエでふたりで話していた時、智基は挨拶も忘れたように驚いた顔をしていた…。

苦しそうに視線を落として気持ちを吐露《とろ》されて、入江はとても否定できなかったと言う。

「……」

——智基の気持ちは本物…。

奏人は、何も気付かなかった自分に憤《いきどお》った。

「保護者のくせに……」

一緒に暮らして、様子を見ているような気持ちになっていた。それなのに、智基の感情すらわかっていなかったのだ。

申しわけなさで詫びたい気持ちになる。けれど、それを智基に言うことは、彼の気持ちを知っていることが前提になるのだ。

「……」

智基の、好きな相手は自分…。その事実をどうしていいかわからない。

――叔父と甥だ……。

いや、そうでなくても同性だ。世間的に、そういうマイノリティは認められているが、智基が世間で偏見に晒《さら》されてしまうのではないか、友達から距離を置かれてしまうのではないか、そもそも、オープンにできない相手に恋をすること自体が、不幸なのでは…と、心配ばかりが浮かんでくる。

世の中の風潮として、そういうのも〝アリ〟なのだろうとは思うものの、自分の身内のこととなると、〝普通に〟異性と結婚してほしいと思ってしまう。

「………」

けれど、一方で智基の〝好き〟という声を聞いた時、どきりとしたことも事実だった。心臓が跳《は》ね上がって智基の姿が脳裏《のうり》を埋め尽くした。

――僕は、嬉しかったんだろうか…。

驚いただけのような気がするのに、こうして考えを巡らせ、智基を説得しようと思うと、あの告白を思い返してドキドキしている自分がいる。

――でも…。同性なんて、無理だ。

明快に納得できるロジックもないまま心の中でそう結論を出した。ともかく年長者として、保護者として、智基を間違った方向に行かせてはいけない、と思う。

けれど、具体的にどうすればいいかは思いつかなかった。説得するなら、入江との会話を聞いていたことから話さなければいけない。

「……………」

重い告白…。一生言うつもりがなかったというほど深く秘めていた感情を、軽々しく引きずり出して話題にすることはできるのだろうか。第一、そんな気持ちを覆《くつがえ》せるほどの理屈も思いつかない。

——どうすればいいんだろう。

奏人は結論を先延ばしにするように、長い帰路をとぼとぼと歩き、やがて雨粒が髪を重く濡らして毛先から滴《しずく》を垂らす状態で帰宅した。

◆◆◆

「奏人さん、ずぶ濡れじゃないですか」

「…あ……」

そっと玄関を開けたつもりだったが、靴を脱ぐより早く智基が駆けつけてきて、驚いた顔をされる。

「なんで傘を…連絡してくれれば……」

「あ、でも…大丈夫だよ。ちょっと途中で降られて」

傘ならコンビニでも買えたな、と今頃思いついて笑って誤魔化《ごまか》したが、智基は深刻な顔をしていた。

「バスタオル持ってきますから、そこにいてください」

「いいよ、自分で……」

背中に声をかけたが、智基は洗面所に走っていき、ストックのバスタオルを持ってくる。

頭を包むように拭《ふ》かれて、動けない。

「こんなに冷えて…風邪をひいたらどうするんです」

すぐ風呂を沸《わ》かしますから、という智基の手がバスタオル越しではなく直接濡れたシャツの肩に触れて、奏人は反射的に身体を固くした。

智基の手が止まる。バスタオルを頭からかぶったまま、智基と見つめ合った。

「あ、ご……ごめ……ん」

意識しすぎて、笑顔になれない。目を見開いたまま止まっている智基と向き合っていられなくて、先に目を逸《そ》らした。

「あの…着替えてくるよ。……ありがとう」

逃げるように智基の横を通り過ぎる。

心配して、居間で待っていてくれたのだろうに、顔を見ることすらできず逃げる自分が情けなかった。

「奏人さん」

智基の声に、ぎくりと足が止まる。

「……」

智基の強い声に、奏人は圧《お》されるように振り返った。

見つめてくる目が、悲しんでいるような、苦しんでいるような、深い色を帯びていて、目を逸らせない。

けれど見つめ合って、先にうなだれたのは奏人のほうだった。

「……そんな顔をしないでください」

「……」

「聞いていたんでしょう？」

胸が苦しい。奏人は頷いて、消え入りそうな声で尋ねた。

「……いつから……」

さあ、と苦い声がして、それから智基がぽつりと話し始める。

「高校の時かな……でも、本当は中学の時にはもう好きだったのかもしれないです」

無理に笑おうとして、智基の眉間《みけん》に苦しさが刻まれる。

「社会人なりたてなんて、今にして思えばそう大人なわけじゃない。けれど、あの頃の奏人さんは、懸命に俺の親代わりをしようとしてくれていて……」

「――そ、ういうのは、家族愛なんじゃないかな」

自分だって智基のことは好きだ。もしかして、智基は家族愛と恋愛を勘違いしただけではないか…

そんな淡い期待を打ち消すように、智基は決定的な言葉を放った。

「いえ。俺のは、恋愛感情です……高校の時、はっきり自覚したので」

――高校？

奏人は智基の高校時代を思い返した。

特に変わったことはなかったはずだ。確かに、中学時代より生活サイクルが合わなくなったが、それは智基の高校が剣道部の強豪校で、部活が忙しかったからだ。

「女子に告白されるたび断っていたら、ある女の子が〝私で駄目なら、どんな人が好みなの〟って食い下がってきて…俺は、とっさに答えられなかったんです」

「……」

「奏人さんの顔が浮かんでいて……」

――智基…。

何も知らなかった。あの頃の暮らしにそんな想いがあったなど、想像もしていなかった。

「意識しだしたのはそのあたりからです。もちろん、自分でおかしいと思ったし、何度も打ち消そうとしました。でも、そうすればするほど奏人さんを目で追いかけてしまって…」

必死に学業と部活に逃げたんです、と言われて、極端にすれ違っていた時期があったことを思い出した。

朝の見送りさえ、曖昧に頷かれていたことがあったような気がする。

——あの時は、智基は急いでるだけだと思ってた……。

楽観的な見方しかしていなかった過去を悔やむと、智基が低く独白する。

「何も知らずに、無防備に寝顔を晒す奏人さんに欲情して、そんな自分が認められなくて…」

「も、もういいよ。無理して言わなくても」

辛そうに自分を責める智基を見ていられず、思わず止めると、智基がはっとして謝る。

「すみません……嫌ですよね」

——違う…。

智基が悲し気に顔を歪《ゆが》めた。

「部屋を引き払いますから、少しだけ待ってください」

「な…」

智基は無理に穏やかな笑みを作ろうとしていた。

「二十歳《はたち》も過ぎているし、独立してもいい頃でしょう。大学の近くは、けっこうワンルームに空《あ》きがあるらしいんです」

「そんな、駄目だよっ」

——智基がいなくなる…。

この家から出ていく。そう思った瞬間に、自分でも意識せず智基の腕を掴《つか》んでいた。

「駄目だよっ、まだ、学生じゃないか」

「でも、奏人さんに嫌な思いをさせるわけには…」

「嫌なんかじゃない！」

勢いで言った。何も考えていなかった。ただ、目の前の智基がいなくなることだけがたまらなく嫌で、必死で言い募《つの》る。

「何も嫌なんかじゃない。僕は嬉しかった」

「奏人さん…」

戸惑う智基を翻意させようとしている自分に、奏人は心中で驚いていた。

──僕は、なんでこんなことを…。

けれど、言葉は次々と口から飛び出していく。

「僕が悪かったんだ。気付けなくて…智基に何年も辛い思いをさせて………」

「奏人さん」

掴んだ智基の両腕が迷うように上がって、こわごわと奏人の背中を抱えるように近づく。それより早く、奏人は智基の腕を引き寄せて抱きしめていた。

「気付いてあげられなくて…ごめん……」

奏人さん、と絞り出すような声が肩越しにして、智基の身体が小刻みに震えた。

肩胛骨《けんこうこつ》のあたりに落とされた涙が、染みるように熱い。

——ごめん、智基……。

殺しきれない嗚咽《おえつ》を感じながら智基を抱きしめた。

同性では無理だと説得しようと思っていた。近親者であることのタブーも含めて、世間の倫理でなんとか諭《さと》そうと考えていた。けれど、智基を目の前にして、彼の抱えていた感情にどんな理屈も持ちだせなかった。

想ってくれる感情が愛《いと》おしくて、否定などできない。

そして、智基を失いたくないととっさに思った自分の気持ちにも気付いていた。

向き合うしかないのだ。自分の気持ちにも、智基の気持ちにも。

自分より幾分背の高くなった甥っ子を抱きしめて、奏人は長いことその背中を撫《な》でていた。

◆◆◆

翌日、奏人は熱を出した。雨の中をずぶ濡れで帰ってきたのだから、当然の結果だと反省したが、智基は心配そうにあれこれと世話を焼く。

自室のベッドに寝かされ、食事までわざわざ運んでくれる智基に、奏人は申しわけなく詫びた。

「ごめん。でもそんなにしなくてもいいよ、熱も下がってきたし、智基、学校があるだろ？」

「休んだから大丈夫です」

「え…」

サボる、という言葉が辞書にないんじゃないかというほど勤勉な智基の言動に驚いたが、智基はなんでもないことのように言う。

「熱が下がっても、急に動いたら身体に負担がかかるでしょう。しばらくは稽古も休みますから、奏人さんはちゃんと寝ててください」

「そんな…大げさだよ」

ベッドで半身を起こし、ちょっと風邪気味な程度だよ、と言うと、智基が端正な笑顔を向ける。

「看病したいんです。させてください」

——智基……。

どこかほっとしたような、満ち足りた微笑みを向けられると駄目とは言えない。

智基は、長年隠してきた感情を表に出せて、それを拒まれなかったことが嬉しいのだと思う。

大切なものを見守るような、やわらかい視線が向けられた。

「奏人さんの傍に居られることが、幸せなんです」

いつも、大人で穏やかな智基の笑みを見ていた。けれど今、こうして心から幸福だ、という微笑みを向けられると、かつての智基が、どれだけ感情を押し殺していたのかがわかる。

自分の気持ちを隠して、それでも傍にいてくれたのだ。

片恋の切なさを、そこまでわかっているわけではないけれど、それがどれだけ忍耐を要するかは想像できる。それを思うと、大変な我慢をさせてしまっていたことが申しわけなくて、智基の望むことはすべて叶《かな》えてやりたいと思ってしまう。

「奏人さん、触れてもいいですか？」

「うん…」

相手の気持ちを確かめてから、智基が抱きしめてきた。

逞《たくま》しく育った胸の中に抱き込まれ、ぎゅっとされると、心臓が跳ね上がる。けれど心地よくてたまらないのだ。

背中や頭に、骨太の指が伸びてきて、愛おしそうに撫でられる。触れたかった…とため息のように言われると、制止はできない。

心のどこかでは、まだ、同性の恋愛に踏み出せない躊躇《ためら》いはある。保護者の自分が止めるべきではないかという責任感も頭から消えない。けれど、智基のこんな幸せそうな様子を見てしまうと、言いだすことはできなかった。

そして、どこかでこの感覚に溺《おぼ》れてしまいそうな自分を自覚していた。

智基の告白に胸を詰まらせた。失いたくないと思って手を伸ばしたのは奏人のほうだ。

——僕は、智基のことを愛してるんだろうか……。

それが家族としての気持ちなのか、そうではないのか、自分の中で答えが出せない。

ただ、目の前の智基を失いたくなくて、智基の気持ちにかこつけて、奏人はされるがままで胸元に寄り添っていた。

それから数日間、智基は宣言通り学校も剣道の稽古もすべて休んで、かいがいしく面倒を見てくれた。おかげでもともと大したことのなかった発熱はすっかり治まり、製作に差し支えない状態に戻っている。

けれど、作品は何ひとつ作れなかった。アトリエに籠《こ》もるものの、パーツの手入れをしたり、配置する小物を細々と製作したりするだけで、一向にオブジェ製作に取り掛かれない。

「……ふう……」

目の前に、とりあえず選んだ石を並べてみるが、いくら眺めてもイマジネーションは広がらない。気が付くとため息を繰り返していた。

――どうしよう。

智基は本当に幸せそうだった。嬉しくて仕方がないというように傍に寄ってきて触れてくる。そうされるのは心地よいのだが、少しずつ、というより日を追うごとにエスカレートしていく接触に、このまま進んでしまってよいのだろうかという迷いを消せなかった。

自分の感情がわからない。智基に触れられて湧いてくる感情が生理的なものなのか、愛情なのかが、自分で判断しかねている。

——……。

引き摺《ず》られているのではないか、という不安もあった。

智基の熱っぽい感情に引っ張られて、呑《の》まれているだけなのではないか。もしかしたら、自分の感情は保護者としての愛情なのではないか…。そう思い始めると結論がつかない。

いつまでもこのままでいられるとは思えなかった。子供のままごとではないのだ。いつか、たわいない接触では済まなくなる。

自分にその覚悟があるのか…と己に問いかけ、答えが出ないまま時間だけが過ぎていく。

物思いに沈んでいると、ドアをノックする音がして、振り向くとバスタオルを首に掛け、ランニングシャツに、寝間着代わりのハーフパンツを穿《は》いた智基が立っていた。

「奏人さん、風呂、使わないなら湯を抜きますけど」

「ああ…」

腰を上げて風呂場に行こうとすると、乞《こ》うような視線がきて、無視しきれなくて立ち止まる。

「奏人さん…」

腕が伸びてきて、腰と肩を引き寄せられ、甘く抱擁《ほうよう》された。

ふわっと石鹼《せっけん》のいい香りがして、腰骨あたりをなぞっていく手の感触に、うっとりと身を任せてしまいたくなる。

「奏人さん、疲れてないですか？　ずっとアトリエに籠もりっきりで」

「う、ん…大丈、夫…だよ」

——お前から、逃げてるだけなんだ。

心の中で答えながら、首筋に顔を埋められ、生々しい唇の感触に理性が飛びそうになった。

喉元を軽く吸われて、濡れた熱い感触が這《は》い上がってくる。唇を許してくれと、身体でねだる智基の動きに、奏人も知らないうちに呼吸が速くなっていた。

「奏人さん…」

熱っぽい声が耳元でして、ぞくりと腰に落ちる快感に抗《あらが》いようがなく、身体が溶けそうになる。

——駄目だ……止めなきゃ………。

このまま受け入れたら、キスしてしまう。

「智、基……！」

奏人はとっさに顔を背け、近づいてくる智基の頬を手で遮《さえぎ》ってしまった。

智基の、平静を保とうとしながら不安を含んだ瞳を見ると、胸が押されて苦しい。

奏人は、自分で止めたくせに言い訳をした。

「風呂に入ってないから…僕、汗臭いだろ？」

拒むつもりはなかったのに、無意識に避けたことで、智基が傷ついたのではないかと不安に駆られる。

――キスを止めておいて慌てるなんて、矛盾している…。

「風呂、入ってくるね」

なんとか笑って部屋を出たが、智基の返事はなく、風呂から上がった時、居間にもアトリエにもその姿はなかった。

◆◆◆

一見すると、何気ない日常に戻っているように見えた。奏人はアトリエで仕事をし、智基は大学に行く。けれど、アトリエでの一件以来、智基は近づいてこなくなった。

とっくに卒業していた朝の見送りを復活してみたが、どんなに声をかけても、もう智基は抱きしめてはこない。

笑顔で返事はしてくれる。けれど、それは長い間見てきた、大人で穏やかな微笑みだ。

そうされて、智基がどれだけその恋を隠してきたかを思い知った。

何もかもを包む微笑み。あれは、自分の中の激しい感情も望みも全部閉じ込めた、強い自制心の上に築かれた〝見守る瞳〟だったのだ。

元の関係に戻るのなんて、彼にとってはたやすいことなのかもしれない。もう、何年もそうしてきたのだから……。

「……」

奏人は、智基の想いにどれだけの重さがあるのか、わかりもせずに同調した自分に反省した。覚悟もなく、安易に合わせて中途半端なところで拒絶するなど、残酷だ。

――じゃあ、どうすればいい？

誰もいない居間には、晩秋の訪れを思わせる冷えた空気が流れていた。もう夕方になるが、きっとまだ智基は帰ってこないだろう。

奏人は六畳ほどの居間に座り、こたつ兼用のテーブルを眺めた。

冬になると、この部屋にはこたつを作った。大き目のホットカーペットにカバーを敷き、テレビの前にこたつを置く。建てつけの悪い木造の家は隙間風があって、二階のそれぞれの部屋はファンヒーターを置かないと寒くていられない。乾いた熱風が嫌いな奏人はそれが苦で、冬はもっぱら居間でごろごろしている。智基もそれに付き合って、冬はずっとこたつで勉強をしていた。

しゅんしゅんとヤカンが湯気を立てるストーブと、ぬくぬくのこたつがある部屋で、のんびりと何をするでもなく過ごす夜のひとときが楽しかった。

時々勉強している内容を覗いたり、飽きてお茶を飲んだりしながらテレビを見たり、たわいもないことが、家族らしい気がしていた。

恋とか愛とか考えることもなく、何も考えずに智基に触れることができた時間。

――どうして、あの頃のままでいられないんだろう。

奏人は、もう戻れない日々を思い返して、暮れていく部屋でいつまでもじっとしていた。

いつも、夕食の心配をして早めに帰宅していた智基は、ここのところずっと夜遅くにしか帰ってこない。

メールで必ず知らせが入る。

後輩から頼まれたことがあるから、とか、卒論のことで教授と面談があって、とか理由は毎日変わるが、早くには戻らないという事実だけは変わらない。

「……」

胸がシクシクする。

痛いのか苦しいのかわからなくて、奏人はごろりと畳に転がった。


それから、かなり長い時間が経った。

柱時計は真夜中を示している。

居間が真っ暗になり、月がだいぶ高い位置に来て、畳にくっきりとサッシの影ができるほどになってから、がらり、と玄関で音がした。

どさっと音がしたきり、動く気配がない。

ガラス越しの夜空は雲ひとつなく、寒さの訪れを教えるように星が瞬いている。

――智基？

奏人はそろりと起き上がり、物音のしない玄関へ行った。

上り框《かまち》に腰掛け、両腕で膝を抱えるように蹲《うずくま》っているシルエットが見える。

「……」

大きくなった背中。中学生の頃からしっかりした体格だったけれど、少年の面影はもうなかった。

ゆっくりと近づいて、智基の隣にしゃがみ込む。

かすかにアルコールの匂いがした。

「おかえり…遅かったね」

低く語りかけると、囁《ささや》くような声が返ってくる。

「すみません…」

振り向いた智基の顔が、門燈の明かりでほの白く浮かび上がる。

疲れたような、苦しんでいるような苦い笑いに、奏人はいつの間にか肩を抱えて唇を近づけていた。

「……」

触れる、やわらかくて温かい唇。

何故《なぜ》そうしたのか、自分でもわからなかった。ただ、智基もそれを拒まず、ゆっくりと互いの腕が相手の身体に絡んだ。

角度を変え、互いを受け入れるように唇を喰《は》む。濡れた音がやけに耳に響いて、智基の体温が熱くて、溶けていきそうな気がした。

「…ん……」

背中を引き寄せる手がまさぐるように服の裾《すそ》を探す。素肌で抱き合うその先を、受け入れる気持ちになりかけた時、智基の手が止まった。

「…すみません」

智基がゆっくりと奏人の腕を掴んで身体を離していく。

見つめ合った。けれど、お互いにそれ以上何も言えず、智基は立ち上がってそのまま部屋に向かった。

「お休みなさい……」

奏人は、返事もできずにただその場に座り込んでいた。

◆◆◆

何故あんなことをしたのか…。自分で自分の行動に説明がつかず、奏人はその夜、眠れないままアトリエで過ごした。そして、ふと物音に気付いて智基を見送ろうと出ていった時には、もう家には誰もいなかった。

嫌な予感がしてダイニングに行くと、きちんと整えられてラップが掛けられた食事の横に、便箋《びんせん》が置かれていた。

迷いながら手に取ると、規則正しい丁寧な字が綴《つづ》られている。

《奏人さん。昨夜はすみませんでした。やはり、これ以上一緒にいるのは、無理なんだと思います》

友人の家にしばらく身を寄せる、と書かれていた。

——そんな…。

奏人は手紙を握ったまま自分の部屋に行きかけて、そして足を止めた。

——追いかけて、どうするんだ。

行かないでくれとでも言うつもりだろうか。

ああやって中途半端な態度で智基を苦しめておきながら、家にだけはいてくれと頼めるか……？

そう考えて、奏人は玄関を見つめて佇《たたず》んだ。

——できないよな。

握った手紙には、告白を聞かれてしまってから、嬉しい反面、迷いが消えなかったとも書かれていた。

《奏人さんが、無理に俺に合わせてくれているような気がして、ずっと不安でした。奏人さんは優しいから、俺の気持ちを否定できなかったのではないですか？》

「……………」

嘘《うそ》をついたわけではない。好きな気持ちは本当なのだ。けれど、甥っ子として可愛がってきた年月の感情が、どうしても消せない。

煮え切らない態度で振り回されて、智基は辛かっただろうと思う。

あれだけ真面目《まじめ》でストイックな智基を、酒に逃げるようなところまで追いつめてしまったのは自分だ。

これ以上智基を振り回してはいけない。

――追いかけちゃ駄目だ。

またきっと傷つけてしまう。

奏人の中に、孤独な宇宙が広がった。

駄目なのだ。自分は、愛欲のような激しい感情が欠落した、何かが足りない人間なのかもしれない……。

「……」

生活能力がないように、愛や恋という感情が薄い、欠陥品のような気がして、奏人は苦しく息を吐いた。

胸のどこかが痛むけれど、それはきっと〝さみしい〟という感情なのだろう。

失ったのは、甥っ子という家族との生活で、恋ではない。だから、智基の気持ちを受け入れられないなら、やはりこうして離れたほうがよいのだろう。

――そうだよ。

それがきっと正しい答えなのだ、と心中で結論づけた。

それから数日、奏人はアトリエに籠もって製作に没頭した。

研磨《けんま》機で拳《こぶし》ほどの大きな虎目石《とらめいし》を削り、球体にしている。

何も考えなかった。少なくとも、何かを作っていれば、智基のことを考えなくて済む。

手にした石は、茶色の美しい縞模様をした石で、削った石の中で一番大きい。

これは木星だ。

「……」

青い地球は、金の混じったラピスラズリを使う。

フローライトの碧《あお》い海に、大小の惑星が浮かんでいる。寝食を忘れて次々と惑星を作り続けて、最後に奏人はカーネリアンを手に取った。

玉髄《ぎょくずい》の一種で、濃い飴色《あめいろ》に白っぽい縞が入る美しい結晶。古くから護符《ごふ》としても使われていた石だ。

大きな結晶をそっと研磨し、慎重に外側の大きな輪を残す。

――この石は土星……。

薄い、円盤のような土星の輪を作り、その内側に球体を削り出す。土星の半分は、泡《あわ》のように結晶の表面を削ったフローライトの海の中に埋まる予定だ。

氷のように結晶をそそり立たせ、光を受けてきらきらと反射する波間《なみま》のような碧や紫の結晶の海に、土星が浮かんでいる。巨大な木星は後ろで、小さな地球は右端…。頭の中にくっきり浮かんだイメージを再現しようと、奏人は息をするのさえ忘れたように作業に没頭した。

他に何もない世界。奏人が、長い間頭の中で育《はぐく》み、繰り広げてきた空間だ。

そこには自分以外何もない。鮮明なビジュアルはすべて自分の心の中そのものだった。

配置を終え、爪くらいのサイズの、小さな人形を作る。市販品のパーツも売られているが、それは奏人のイメージに合わないので、使ったことはない。

細い針状の道具で、樹脂に微細な形を作り、ペイントし、思い描いた場所にそれを置く。

その時、ふと手が止まった。

――これ……。

土星の輪の上を、旅人が歩いている。その先に、手を振っているもうひとりがいた。

――智基……。

自分では旅人だと思っていた。けれど旅をしているはずなのに、その人形はマントひとつ着けていない。

白いシャツを着た、もうひとつの人形は、少し体格のよい旅人…。

無意識にかたどっていた姿が誰なのかに気付いた。

――僕……は……。

こんなに鮮明に、智基は自分の中に居たじゃないか……。己の心の中が露《あら》わになって初めて、奏人は胸を押さえた。

誰も居ないと思っていた。自分ひとりの世界だと信じていたのに、はっきりと、世界の中に智基が居る。

「……っ……」

ぼたぼた、と木製の机に涙が落ちた。

さみしさではない、生まれて初めて味わう、キリキリとした心の痛みだった。

小さな人形に投影された智基の姿に、胸が締め上げられる。

会いたくて、触れたくてたまらなかった。

——こんなに、会いたかったなんて。

真空の宇宙のように、心の中には何もないのだと思っていた。なのに、智基の姿を見つけてしまったら、どこにこれだけの感情があったのかと思うほど、切なくて、恋しくて涙が止まらない。

——智基…。

家族として暮らしてきた、大切な時間は消えない。けれど今は、恋人として向き合おうとしたわずかな日々のことが、心の中を埋め尽くした。

可愛い甥っ子の姿が、大事なアルバムの中に記憶として綴《と》じられていく。

「ごめん……智基……」

――僕も、恋だったみたいだ……。

いきなり家族から恋人へなど、心を切り替えることができるはずがない。ふたりの時間はずっと続いているのだから。

けれど、いつの間にか季節が移ろいでいるように、青葉が気付くと紅葉しているように、智基のことを愛していることに気付いた。

「……」

迷い、悩んでいたのは、智基への想いだった。家族への愛情なのか、恋愛感情なのか。

けれど、その答えは出た気がする。

――どちらもなんだ。

きっと、夫婦のようなものなのだろう。愛した相手で、同時に大切な家族でもあるのだ。

智基と一緒に居たい。家族のように安らぎながら、けれど触れ合って、求め合いたい。

「智基……」

奏人は鉱石を机に置き、アトリエを出た。

◆◆◆

バスに乗り、電車を乗り継ぎ、智基の大学に向かった。

智基が大学にいるという確証があるわけではない。ただ、他の場所を知らなかっただけだ。

秋晴れの高い空に、キャンパスは明るく、学祭を前に、構内は賑《にぎ》わいを見せていた。

案内板を見ながら、奏人は体育館のある場所に向かう。

どうしても見つからなかったら、電話をかけようと思っていた。

もう、今から行っても遅いのかもしれないけれど、どうしても伝えたかった。智基が悩んで、耐えていた時間の何分の一かでも、勇気を持って自分から行動したい。

体育館はあちこちの入口を開け放していて、球技のボールが弾《はず》む音や、シューズが床と摩擦《まさつ》する音の間に、竹刀の打ち合う強い音と、かけ声が響いている。

チャコールグレーのジャケットに、ハイネックのカットソー姿の奏人は、学生とも教職員ともつかない。けれど、明るく屈託《くったく》ない学生たちは気にもせず通り過ぎていく。

体育館は扉の先が階段状になっていて、奏人は、その端に道着のまま腰掛けている人物を見つけた。

――智基。

遠くからでも、智基の姿はちゃんとわかる。見つけた瞬間から心臓がドキドキ鳴り始めた。

どう言おう…。かける言葉も思いつかないのに、目は智基を捉《とら》えたまま離せない。

すっと、白い道着に袴《はかま》姿の智基が顔を上げた。

「……っ…」

声が詰まる。見つめると、智基も奏人のほうを見た。

遠い場所から、視線だけが絡む。けれど、何故か言葉にするよりもずっとはっきり、気持ちが伝えられたような気がした。

真っ直ぐ、まるで長い一本の線のように、智基に向かって視線が伸びる。

智基の顔が、泣きそうに歪んで、そして眩しそうな、嬉しそうな表情に変わっていく。

奏人は智基に向かってゆっくり歩いていき、その間、お互いにずっと相手の顔を見ていた。

智基の姿を見ることができて、相手が自分を見ていてくれる、それだけで幸せだった。

キャンパスを覆う、浮き浮きしたお祭り前の賑わいの中で、自分たちだけがとても穏やかで静かだ。

手を伸ばせばすぐ触れられるほど傍にいき、見上げる智基に手を差し出す。

「無理に合わせてるわけじゃないんだ」

智基は黙って見ていた。

「ちゃんと自分で気付いたんだ。智基のことが好きなんだって…」

「奏人さん……」

「本当だよ」

長い旅の果てで、巡り合ったような気分だった。

「一緒に帰ろう……」

「はい…」

指先を包むように、大きな手が握り返してくる。その手は、立ち上がっても、歩き出しても離れなかった。

◆◆◆

ふたりで三鷹の自宅に帰った。

お互いに、何故か気持ちも表情もふんわりしてしまい、とりとめのないことばかり話して、肝心なことが何ひとつ言えない。

けれど家に入り、居間を見渡した智基が目を見開き、呆《あき》れたような声になった。

「……どうやったら、一週間でこれだけぐちゃぐちゃにできるんですか」

急に生活を仕切っていた〝甥っ子殿〟に戻った感じだ。奏人も甘い気分が吹き飛んで小さくなる。

「……すみません」

そんなに汚いかな、とそっと部屋を見回す。

とりあえず智基が干しておいてくれた洗濯物を取り込んで部屋に放り投げてある。部屋の隅を見ると、使ったバスタオルが置きっぱなしになっていた。これは洗濯機に入れ忘れたやつだ。新聞は、たまっていたので出がけにポストから抜いて置いておいた。ああ、皿からはがしたラップが畳に落ちている。出る時に着替えたスウェットの上下も置きっぱなしだ。入江に借りた資料の本は座布団の上でだらしなく積み重なっているし、素材を梱包《こんぽう》していたクッション材まで、何故か居間に転がっていた。

――確かに、ぐちゃぐちゃだ。

「まったく……」

「申しわけない」

平謝りだった。そして、謝りついでの勢いで、奏人は智基に向き合った。

「本当にいろいろと、ごめん」

智基の身体に腕を伸ばす。少し驚いたような顔をしている智基に、微笑んだ。

「……好きだよ」

「奏人さん…」

智基をゆっくりと抱きしめる。

「家族としても大切で、でも、それだけじゃないんだ」

いつから恋に変わったのか、自分でもよくわからない。けれど、こうして智基に触れるだけで、胸が疼《うず》く。

「ドキドキして、でも見つめていたくて…中学生みたいだね」

照れながら笑い、抱きしめたまま、頬を寄せる。智基の手が少し震えて、それからそっと応《こた》えるように抱きしめられた。

「気付くのが遅くて、ごめんね……」

――智基…。

ふたりはいつまでもぎゅっと互いを抱きしめていた。

◆◆◆

智基と一緒に一週間ぶりに部屋を掃除し、食材を買い出しに行き、夕食を用意した。

むかごのご飯、モツ煮、焼いたメザシ、かぼちゃの煮つけ、蛸《たこ》の三杯酢《さんばいず》、から揚げ、刺身…飲み屋のようなメニューが卓いっぱいに並んでいる。

「こんなに食べきれるかな」

奏人が笑いながら言うと、智基がビールを用意しながらくすりと笑う。

「食べてもらいますよ。奏人さん、瘦《や》せちゃったから」

「え、そう?」

そうかな、と自分の腕を見ると、智基が真顔で怒る。

「奏人さん、全然食べてなかったでしょう」

「…うーん…」

そうでもないんだけど…と曖昧に逃げたが、何を食べたか思い出せない程度に食の記憶がない。

「それだけが心配で、本当は何度か様子を見に帰ろうかと思ってたんです」

そんなに心配をかけてしまっていたのか、と思って謝ろうとすると、智基が苦笑した。

「……嘘です。人のせいにしてますね、俺」

穏やかな瞳が見つめてくる。

「帰りたかったのは、貴方を諦《あきら》められなかったからです」

想いを断ち切ろうとするけれどできない。その繰り返しだったと言う。

「奏人さんの体調を心配するふりをして、それを口実にしようとしただけで…」

そんなに正直に言わなくていいのに、智基は自分に対してとてもストイックだ。

「ずっと奏人さんの身の回りの世話だけできればいいなんて、自分の感情を誤魔化してました……本心は、そんなきれいごとでは済まない気持ちだったのに…」

「智基…」

智基がわずかに小首を傾げている。〝本当にこの気持ちを受け入れてもらえるのか？〟という顔だ。

まだどこかに不安を残している智基が愛おしくて、奏人はにこりと微笑んだ。

「諦めないでいてくれてよかった…僕も、今頃会いに行ってももう遅いんじゃないかと心配だったから」

「奏人さん…」

うっかり、お互い泣きそうになってしまったので、無理にビールで乾杯する。

「せっかく作ってくれたごちそうだからね。冷めないうちに食べなきゃ」

「あ、奏人さん待ってください、それ、生姜《しょうが》載せてない」

湯気がほかほかと上がる食卓を囲み、ふたりは幸せな食事をお腹いっぱい平らげた。

美味しい、楽しい、と笑い合いながら夕食を終えたが、ふたりともなんとなく席を立つことができないでいた。

会話が途切れると視線を絡めてしまい、奏人はそれだけで頬のあたりが熱くなる。

向かい合ったテーブルの上で、智基の手がそっと伸びてきて、奏人の手を上から包んだ。

「奏人さん」

やわらかく握られる指先の感触だけで、心臓が跳ね上がりそうだ。奏人は赤面しながら智基を見つめ返した。

「奏人さん、触られるの嫌じゃないですか？」

「…気持ちいいよ」

照れながら握り返すと、智基が指を絡めてくる。その悩ましい仕草に肌がざわめく。

ただ触れるだけではない、もっとその先を求めるような官能的な感触がするのだ。

いい大人が…と思うが、彼女がいたのはもう随分前のことで、年上らしく自分がリードしようと思うものの、スマートな言葉が出てこなかった。

すっと智基が身を乗り出してきて思わず目を瞑《つぶ》ると、テーブル越しに唇が軽く頬に触れる。

目を開けると、智基の顔がすぐ近くにあった。

「キスも…？」

「うん」

気持ちいい。平静を装ったつもりだったが、声が上擦ってしまう。智基が囁くように耳元に唇を寄せてきた。

「もっと先も、いいですか？」

無理はしなくていいですよ、と紳士的な微笑みを向けられ、奏人は赤面しながら努めて平気だという顔をした。

「もちろん」

智基が笑っている。余裕を見せたつもりだったが、まるでできていなかったらしい。

コホン、と照れ隠しに咳払《せきばら》いしてみる。

「子供じゃないんだから…そこまで心配されなくても大丈夫だよ」

けれど本音では心臓が爆発しそうだ。

智基はこんな時も実にスマートで、落ち着いた様子で立ち上がった。

「ここは俺が片付けますから、奏人さん、風呂、先にどうぞ」

「あ…うん……ありがと」

心臓を高鳴らせたまま、奏人は風呂に入って自分の部屋に戻った。

◆◆◆

二階の玄関側を向いた部屋は、昔ながらの畳敷き四畳半で、そこに低めのベッドと、子供の頃から使っている机やらタンスやらが置いてある。奏人は、落ち着かないままベッドの端に座っていた。

風呂から上がってきた智基は、いつもと変わらないランニングシャツにハーフパンツだった。鍛《きた》えた身体がよく見えるシルエットだからか、普段着よりずっと逞しく感じる。ふわりと笑った智基が隣に来た。

「……」

――わあ……来る……。

覗きこむように上体を傾けられて、唇がやわらかく塞《ふさ》がれた。

しっとりした感触と、石鹸の匂いがする。

「そんなに歯を食いしばらないでください。齧《かじ》ったりしないですから」

「あ…ごめ……」

慌てて目を瞑ったら、唇を離されて智基に笑われた。本当に、大人の面目が立たない。

「…緊張しますよね」

「うん……」

智基の様子は余裕たっぷりに見える。もしかして、こういうことは予習済みなのか…と思って聞くと、まさか、と笑われる。

「緊張はしてますよ。でも、それ以上に嬉しいんです…」

「智…」

そっと腹に回された腕で引き寄せられ、後ろから抱きしめられた。

胴を抱えられ、後ろから甘えたように肩口に顎《あご》が乗せられる。

「夢みたいです。奏人さんを抱いていいなんて…」

「……っ…」

ドキドキして、上手く言葉が出ない。智基はちゅっと音を立てて耳たぶに口付けた。

首筋に、頬に、弾力のある唇が押し当てられ、愛おしそうに吸い上げられる。

心臓が跳ね上がるのに、心地よくて身体が緩んでいく。

「奏人さん……好きです……」

甘い呪文《じゅもん》が耳元で繰り返されて、どこかで羞恥《しゅうち》や思考が麻痺《まひ》していく。シャツの下をくぐって、胸元を撫でていく骨太の指がたまらない。

「……あ……」

指先で、コリっと胸粒をいじられて、鋭い刺激が身体の奥深くへ走っていく。ため息のように声を漏《も》らすと、なまめかしい指が焦《じ》らすように捏《こ》ねたり潰したりして、小さく凝《しこ》っていく場所を嬲《なぶ》る。

「ん…っ……」

疼く快感に喉を反らすと、耳たぶを舐《ねぶ》っていた唇が掠《かす》れた声で囁いた。

「ここが感じるんですね、奏人さん」

「ん……う、ん……」

頬が熱い。濡れた音が耳に響いて、体中を甘い疼きが駆け巡っていく。

「んっ……ぁ……とも…、や、め…」

ピンと尖《とが》った粒を親指と人差し指でつままれて、きゅっとつねられると、強い快感に腰が揺れる。

「ぁ…ぁあ…っ」

込み上げる快感に背を反らして喘《あえ》げば、興奮の色を帯びた智基の声が、首筋のほうから聞こえた。

「奏人さんの感じる声を、ずっと想像してました」

「な、に……馬鹿なこと……ん…ぁっ」

「そんなこと考えちゃいけないと思うのに、抱いてるところを想像するのが止められなくて……」

胸をいじられながら、反対側の手がズボンの中に忍び込み、下着越しに勃《た》ち上がったものを撫で擦《こす》られる。

やんわり握られたかと思うと、物欲しそうな指使いで揉《も》まれて、布一枚のもどかしさと、淫靡《いんび》な刺激に奏人は喉を喘がせた。

「思ってたのより、ずっと興奮する声です…もっと聞きたい」

「ば…い、今…そういう告白するなよ……っ…ぁ…んっ…」

こんな体勢で言われても、返しようがない。翻弄《ほんろう》される身体をどうすることもできず、されるがまま両手は智基の太腿《ふともも》にかろうじて掴まっている。

「は……ぁ…っ」

ぐちゅぐちゅ…と先走った体液で濡れた先端に指が直《じか》に絡められた。

他人の指の感触が、脳髄《のうずい》を爛《ただ》れさせる。

「奏人さん、もう濡れてる」

「お…お前だってカチカチだろ…っ…」

吐息が熱い。けれど、腰に当たっている智基の雄《おす》のほうが、ずっと硬くて熱かった。

反り上がって質量を増したそれが、ドクドクと脈打って衝動の激しさを伝えている。智基が、口で言うよりずっと興奮しているのがわかって、奏人は後ろ側に手を挿《さ》し込み、その昂《たかぶ》りに触れた。

智基の愛撫《あいぶ》の、何分の一かでも、快感を与え返したい。

——硬……。

ハッと息を吐くタイミングで智基の声が快感を滲ませた。握った場所が刺激にピクピクと動く。

「奏人さん……っ…」

耐えられないように、奏人を後ろ抱きにしていた智基が前に回ってきて、身体がベッドに押し倒された。

馬乗りになった恰好《かっこう》で、智基が熱い視線を寄越す。

「駄目だ、触られると耐えられない…」

覆いかぶさるように身体が重ねられて、荒い息を共有するように深く口付ける。

「ん…ふ……っ……」

激し過ぎて息ができなくなりそうだ。食べられそうな勢いで舌を吸われ、むしゃぶりつかれる。口腔《こうこう》を蹂躙《じゅうりん》しながら、智基の手は忙《せわ》しなく腰にひっかかっただけの奏人のズボンと下着をずり下ろしていく。膝のあたりまで下ろすと、脚を割り込ませながら、足先で布を剝《は》ぎ落としてしまった。

太腿と腰を擦りつけながら、切なそうに熱くなった身体を密着させてくる。

唇が離れた瞬間に、荒い息で奏人は笑った。

「器用、だな……脱がせ慣れてる」

智基は苦笑して身体を離し、ランニングを脱いだ。ついでにハーフパンツと下着も放り出す。

「そんな風に言わないでください…男性とは初めてです」

「僕もだよ…」

くすりと笑うと、智基が最後に残っていた奏人のシャツを脱がせた。

「両手を上げて」

「うん……」

情欲を滲ませた視線に、肌が疼く。

智基の手が欲しがるように頬や唇をなぞった。普段の智基とは別人のような、熱に浮かされた声は、まるで身体を縛り上げるようにぞくりと響く。

「肌が白くて、細くて……」

「智……」

「本当は、欲しくて欲しくて仕方がなかった。こうやって、啼《な》かせて、感じさせたくて……」

「智…アッ……っ」

乳輪ごと咥《くわ》えられて、じゅっと吸い上げられる。

「ア…ぁあっ……んっ…あっ…智、止め、ぁ…は…っ」

頭を振って身悶《みもだ》えた。感じ過ぎてどうにかなりそうだった。

奏人の胸を舐《な》めながら、智基の手は蜜《みつ》を噴き出した場所を扱《しご》いている。息が止まりそうだった。強烈な射精感が襲ってきて、声が溢《あふ》れる。

「ああっ…アッ…んっ…ん…で…出る…っ」

「出してください…」

「…手…離……あぁっ……」

縛られたようにシャツが手首にまとわりついていて、智基の手を振り払うことができなかった。涙目になりながら訴えたが、間に合わずに勢いよく白濁《はくだく》した体液を撒《ま》き散らしてしまう。

暴発した快感が全身に広がって、大きく息を喘がせると、智基が髪を撫で、ゆっくりとシャツを脱がせてくれた。

「もっと、もっと乱れさせたいんです」

「な……」

優しさで懸命に抑えているが、視線と吐息に激しい情欲が滲み出ている。こんな智基を見たことがない。上唇をめくるような甘いキスのあとに智基が笑った。

「大丈夫です。気持ちいいことしかしません。嫌だったら言ってください。貴方を満足させたいんです」

「も、もう満足だよ…十分、気持ちよかった」

それよりお前だろう、と腹に付くほど猛々《たけだけ》しく反り返ったものを見た。

手を伸ばして握ると、智基がやんわり手で遮りながら、けれど堪《こら》えられないように快感のため息をつく。

「駄目ですよ……奏人さん……俺のは、後回し」

「そんなの、フェアじゃないだろ」

智基の気持ちよさそうな声も聞きたい…。そう言うと智基がぞくっとするほど色気のある笑みを刷《は》いた。

「大丈夫です。俺が、一番気持ちいいのは、貴方の内《なか》だから」

「……」

何も言えず見つめていると、智基が奏人の鼠蹊部《そけいぶ》を指でなぞり、さらにその奥をなぞった。

ごくり、と喉が鳴る。

わかってはいたが、思わず身構える。

リアルなアナルセックスの知識はない。女性でもやる人はいるし、ゲイに言わせれば気持ちいいらしい、という程度だ。

すっと智基の頭が下がって、精液まみれの性器を、なんの躊躇《ちゅうちょ》もなく口に含んだ。

「お、おい……っ……」

萎《な》えるのを忘れたように、じんじんと余韻《よいん》が残っていた場所がぞわりと再燃した。同時に、後孔《こうこう》の周りを、指でゆっくりとなぞられる。

「智基…」

「痛い思いはさせたくないんです。だから、感じててください」

「智……っ」

裏筋を舐められ、舌先がくびれをなぞるようにちろちろと動くと、吐精感が蘇《よみがえ》ってきて身体の芯が疼き始める。同時に入口をなぞっていた指はやわやわとその場所を揉みほぐして、内壁《ないへき》に侵入を果たしていた。

違和感は大きい。けれど、前へ気を逸らされているからか、嫌な感じはしなかった。

「身体を緩ませておいてください。気持ちいいポイントを探しますから」

「…う、ん」

言われると逆らえない。奏人の膝を軽く立たせた智基が、口を離して、左手で奥まった場所を、右手で半勃ちになったものを愛撫する。

その間も、智基の昂った場所はぎちぎちに血管を浮き上がらせたままだ。

「辛くない…？」

手を伸ばして撫でると、智基のやるせない吐息が漏れて、却《かえ》って自分のほうが興奮してしまう。

「奏人さん…、もっと前のほうを握って」

今度は止められなかった。心地よさに耐えられないように、秋波《しゅうは》を帯びた目で訴えられる。

割れた腹の筋肉に付きそうなほど屹立《きつりつ》したものが、触れるとビクッと反応してより質量を増す。

情欲を滾《たぎ》らせたものを握ると、智基が熱いため息を漏らし、それが耳たぶを淫《みだ》らに刺激して、奏人の呼吸も乱れていった。同時に、肉襞《ひだ》の中で蠢《うごめ》く智基の指がじわんと快感の波を生み、思わず手を止めて声をあげた。

「ぁ………」

「ここですか？」

ぐりっと押されると、腰全体に熱い刺激が襲ってきて、半勃ちの先端から滴が滲み出す。智基が襞を掻き分けて指を抜き差しした。

「は…んっ……っ……」

射精よりずっと身体の芯にくる衝撃で、脚先までぴくぴくと痙攣《けいれん》する。

「奏人さん、指、二本も呑み込んでいる…」

「実況中継、なんか……するな…っ…は…ぁ」

淫猥《いんわい》な音を立てて抜き差ししてゆく指に、背を仰《の》け反《ぞ》らせて喘いだ。増えてゆく指に、苦しさではなく、快感のほうが募ってくる。じわじわ広げられてぐちゃぐちゃにされていく場所が、智基の雄を受け入れるのかと思うと、何故かそれだけで余計に感じてしまう。

「んんっ…あ……は……も、もう、い……早く……っ」

挿《い》れていいよ、と目で促すと、智基がまだだ、と首を振る。

「これじゃ、まだ俺ので、傷つけちゃうかも…」

言いながらも、握っている先端からは、透明な滴が垂れ始めている。

見ているほうがたまらなかった。荒い息遣いと、目で犯されそうなほど熱い視線で、皮膚《ひふ》が舐め回されたように感じて震える。

「い…い、大丈夫、だから…っ……ぁ…ンッ」

内奥《ないおう》を襲う愉悦《ゆえつ》の波に、ビクンと腰を跳ね上げて反応すると、智基が指を抜いて奏人の両膝を手で広げた。

「すみません。堪え性《しょう》なくて……痛かったら、言ってください」

大丈夫だから、と答えようとした声を、奏人は呑み込んで息を止めた。

「っ……っく……は……」

――全然、指どころじゃない…う、わ…。

身体が二つに裂けそうなほどの質量が、肉襞を掻き分けて押し挿ってくる。

「はっ……っ…」

――苦し……。

腹の奥深くまでみっしりと埋められて、圧迫感に浅くしか喘げない。

「奏人さん、熱い…」

「ご、め……キツ、い……?」

「大丈夫です」

ぐぐっと根本まで埋めると、智基が耐えきれないように、官能的な吐息を漏らした。

ゆっくりと身体が前に倒れてきて、唇が重なる。

「辛く、ないですか……」

「大丈夫…」

浅い呼吸のまま答えると、智基が頬を撫でてくる。

「ちょっとすれば、大きさに慣れるという情報なんですけど…」

「下調べ、万端《ばんたん》だね…」

何やっても、出来のいい男だ。奏人はそう思ったが、智基は笑って否定した。

「でも、奏人さん、苦しいでしょう。すみません、気持ちいいことだけ、するつもりだったのに……」

「気持ち、いいよ」

これは本当だ。圧迫感が強いが、痛いわけじゃない。

「なんだか、ヘンな感じなんだ……内が、熱くて……」

充溢感《じゅういつかん》で苦しい気がするのに、肉襞の内側が疼いて熱を持つ。

じっとしているのが耐えられない。

「じゃあ……大丈夫かな。ちょっと動いてみていいですか」

「うん…んっ……ぁ」

わずかでも動かれると、疼きが快感を呼び起こしていく。

ズシッと腹の奥に衝撃が来て、声にならない強い刺激に、四肢《しし》がヒクヒクと痙攣した。

「ンッ…ん…っ…ぁ…ぁ…ぁ」

突き上げられる快感に、喉から甘ったるい声が漏れる。

――気持ちいい……ああ…。

「奏人さん…」

「は…ぁ…ぁ、ぁ、ぁあっ…んっ…」

気持ちよすぎて快感に瞳が潤《うる》む。半分開いた唇からひっきりなしに感極《きわ》まった声をあげて、智基を見つめた。

溢れだした蜜で潤滑《じゅんかつ》になった内襞を、濡れた音を立てて智基の猛りが穿《うが》っていく。

「すみません……駄目だ、全然、抑えられな…い」

「ぁあっ…は、ぁ、ぁっ…ふ…ぅあっ…ん」

ギシギシとベッドがふたり分の振動で軋《きし》む。筋肉を隆起させた智基の腕が、奏人の肩を押さえて抽《ちゅう》挿《そう》を激しくさせた。

「奏人さん…乱れてる姿が、そそる」

「な……ぁ、ぁう…っ…んっ……」

奥深くまで挿れられると、ずしりと快感が腰を走り抜けて、喉元まで攻めてくる。智基の言葉にも、まるで返事ができなかった。

快感に身悶えして身体を捩《よじ》ると、中を穿つ智基に刺激が伝わって低い快楽の声を漏らす。

「……っ……」

駄目だ、と眉根を寄せて、耐えられないように智基の動きが速まった。揺さぶられる激しさと、襲ってくる刺激の強さに、奏人は目を見開いたまま嬌声をあげてしまう。

「アッ、アッ……あ…は…っああっ！」

パシン、と根本深くまで挿れられ、中で痙攣したように智基の性器が体液を放った。

厚い胸板が激しく上下して、太く息を吐いた智基が目を眇《すが》める。

「奏人さん…大丈夫、でした？」

息を乱しながらも、きちんと気遣う智基が、愛おしくてならなかった。

腕を伸ばして、育ち過ぎた体軀《たいく》を抱く。

「そんなの……見てて、わかっただろ……」

こんなに気持ちよいセックスは初めてだ。

熱っぽい視線が絡んできて、まだ足りない、というように唇を貪《むさぼ》る。

キスの合い間に、何度も名前を呼ばれた。

視姦《しかん》されかねないほどの視線とは裏腹に、名前を呼ぶ声はノーブルで優しい。

「奏人さん…」

ああ、かなわないな…と心の中で思う。智基の熱くて深い想いに呑み込まれていく。

奏人は腕を回して智基を抱きしめた。

「智基……」

——愛している……。

言葉にしなかった声が伝わったかどうかわからなかったが、智基が蕩《とろ》けそうな甘い笑みを浮かべた。

そっと、壊れ物に接吻《くちづけ》るように触れられた。その感触に、目を瞑って溺れる。

——気持ちいい…。

愛おしくて、ずっとそうしていたくて、智基の頭を抱いた。すると、智基の頭が下がって、もう一度挿れる体勢になる。

——え…ま、また…？

「と、智基……」

嘘だろう？　と奏人が目を見開いて驚くと、智基がすまなそうな顔をした。けれど、目と下半身はかなり切羽詰《せっぱ》まっている。

「すみません。駄目です、そんなことされたら…」

「わ…っ…」

頬や喉元に口付けられ、なだめるように肌を愛撫されながら、膝はしっかり開かされていた。

「全然治まらないです。抱かせてください…」

「智……ぁ…っ………ぁ、ぁ…ぁっ」

萎えることを知らない滾った雄が、際限なく求めてくる。

胴を抱えられたまま後ろ抱きにされ、奏人は膝立ちで、瞼《まぶた》の裏で火花が散るほど激しく突かれた。

「あぁっ…は…ん……んんっ…！」

「奏人さん……っ…」

このあと、夜が明けるまで、智基には愛情だけでなく、若さでもかなわない、と散々思い知らされた。

◆◆◆

それからどうなったかといえば、翌日足腰の立たなくなった奏人は、今まで以上に智基に世話を焼かれた。智基は世話を焼きたい気持ちが半分で、奏人を日々抱き倒している。

残りの半分は、若さゆえの有り余る体力と精力だ。

——まあ、嫌じゃないからなあ……。

受け入れるだけで精一杯になってしまう体力は情けないと思うが、抱き合う日々は心地よく、幸せだ。

どれだけ幸せかは、オブジェたちが雄弁に物語っている。ガラスドームの中は、奏人の頭にある小宇宙だから。

「奏人さん、オブジェにふたり人形があるの、初めてですよね」

「え…？　そうだっけ？」

特注オーダー品を納品するために、ケースにしまっていると智基が星々の転がる海を眺めて言った。

もうすぐ入江が来て、このオブジェは新澤のもとへ行く。

「そうですよ。俺は奏人さんが作った作品は全部見てます。人形はいつもひとりだったじゃないですか」

「………そうか…」

意識したことがなかったが、そう言えば、ガラスドームの中には、いつもぽつんと人形がひとりきりでいた。

鉱石を見上げながら、その世界の外側を見つめて何かを待つように、どの作品の人形もひとりきりでガラスの中に閉じ込められていたように思う。

「……」

土星の輪の上を歩いてくる旅人に、もうひとつの人形は土星の陰から手を振っている。

あの輪を辿《たど》って歩いていけば、ふたりは巡り会うだろう。

この広い宇宙で、奇跡のように恋人たちは出会うのだ。

これが、自分の中の〝愛〟の世界…。

ふたりでオブジェを見つめていると、玄関の呼び鈴が鳴った。

「入江さんですね」

「随分早いな」

玄関に出迎えると、そこには依頼主の新澤もいた。

「すみません、待ちきれなくて」

新澤は悪気のなさそうな笑顔で頭を下げる。わざわざ、前回とは異なる菓子折りまで手渡されてしまった。

「店まで来ていただいちゃったもんだからさ…待っててもらうのもなんだと思って」

入江も言いわけ気味に説明する。奏人は智基のことが気になってちらりと横目で見た。

新澤が家を訪問してきたことで、智基は隠していた恋を露呈させてしまうほど動揺したのだ。奏人としてはまったく恋愛感情など起きないけれど、智基の気持ちが心配だった。

「本当に、先生に私だけのオリジナルを作っていただけるなんて、すごく嬉しくてわくわくした顔をする新澤を前に、智基はとても穏やかに笑っていた。

その笑顔にほっとして息を吐くと、智基と目が合う。

その瞳がなんとなく〝俺は大丈夫ですよ〟と言っている気がした。

智基も、新澤の感情が恋愛ではなく、作品への憧れだけだとわかったのだと思う。

——異性としてなんて、見られてないもんなあ。

新澤は〝オブジェの製作者〟だから会いたがっただけなのだ。女性に男扱いされていないことだけは、少しがっかりもするが、智基に不安な思いをさせなくて済むなら嬉しい。

「で、オブジェは？」

「あ、まだ梱包ができてなくて…」

納品準備ができていない、と謝ると、新澤は、一緒に見せてもらえないかと言う。

「じゃあ、よかったらどうぞお上がりください」

入江も含めて、狭いアトリエに全員が集まる。来客準備もしていないのに招き入れるのは恐縮だったが、奏人としても、新澤の反応は見たかった。

依頼主のオーダーに応えられる作品になったのかどうか、自分も知りたい。

「これです…」

星が浮かぶ宇宙の海は、碧と紫の淡いグラデーションで、表面の波間はきらきらと光を弾く細かい泡粒に仕上げてある。その下に、ＬＥＤの小さなライトを埋め込んであるので、海は下のほうから石の色を拾って、青く美しく光っていた。

その海に、大小いくつもの惑星が浮かんでいた。

海を覆うガラスドームは美しい紺色のグラデーションにしてある。天頂部分が一番濃い紺色で、波打ち際に下りるほど薄くなっていき、海との境目にはわずかに虹色の多色を入れてあった。闇に浮かぶ夜の虹だ。

内側には細かいガラスの粒を吹き付けてあるので、フローライトの海から広がる光がオーロラのように反射して、ドームの中は銀河がきらめいている。

甘くはないけれど、幻想的な空間で出会う恋人たちの世界だ。

「……素敵」

オブジェを見つめていた新澤が、ほう、とため息を漏らしながら感想を口にした。

「神秘的な愛の世界ですよね。運命の恋人たちみたいで……」

「気に入っていただけたら、嬉しいです」

本当に嬉しかった。オーダーに応えられたということもほっとしたけれど、何より、この世界を褒めてもらえたのが嬉しい。

大事そうに手にして眺めていた新澤が、〃あら？〃という顔をした。

「このお人形、なんだか甥御さんに似てません？」

ほら、と同意を求めるようにオブジェを持ったまま奏人に向き直る新澤に、苦笑する。

「さあ…そうかな。そうかもしれないですね」

「？」

曖昧な答えに新澤はきょとんとしながらもう一度オブジェに目を凝らし、奏人と智基はそれを見て
そっと目を見合わせ、くすりと微笑んだ。

目覚ましのベルが鳴る前に

夜明け前、智基《ともき》はふいに目を覚まして隣を見た。

首のあたりに顔を寄せている奏人《かなと》は軽い寝息を立ててぐっすりと眠っている。智基はそのふわりとしたやわらかい髪をそっと撫《な》で、寝顔を見つめた。

――奏人さん……。

こうして息がかかるほど近くで寝顔を見ることができるのが幸福だ。決して触れることはできないと思っていた奏人が自分の腕の中にいるのは、まるで奇跡のようだった。

寝顔は薄闇《うすやみ》の中で蒼《あお》く浮かび上がっている。ふたりで、奏人が子供の頃から使っている木製のベッドに身を寄せ合っているが、智基にとって、どんな広々としたベッドよりも安らぐ空間だ。

温《ぬく》もりをもっと感じたくて、眠っている奏人を布団の上から抱え、額に唇を寄せる。

「……ん」

奏人が眠ったまま鼻に抜けるような甘い寝息を漏《も》らす。そんな仕草が見られるだけで、思わず口元がほころぶ。

こんなにじっと見られていることなど、きっと奏人には想像もつかないだろう。

ずっと、長いこと奏人の眠る顔を見ていた。

アトリエの机でうたた寝している姿、こたつに入ったまま無防備に晒《さら》された寝顔…手を伸ばせば届くのに、決して触れてはならない距離。智基にとってただ見つめることだけが唯一許された自由だった。

閉じられた瞼《まぶた》、頬《ほお》に影を落とす長い睫毛《まつげ》、わずかに開いたやわらかそうな唇…起きている時は決してこんな風に見ることはできない。叔父《おじ》と甥《おい》という枠組みを越えないために、この想いは明かしてはいけなかった。

奏人が眠っている時だけが、自分の気持ちを解放できる瞬間だったのだ。

奏人に気付かれないように、存分に眺《なが》めていられる、苦しくて幸せな時間。

けれど、もう我慢しなくてもよいのだ。想いのままに奏人を抱きしめ、触れることが許されている。

そう思うとたまらない幸福感が込み上げてきて、奏人を起こさないように抱きしめるのが大変なほどだ。

想像するだけで、実感することのなかった温もりを噛《か》みしめながら、智基はゆっくり目を閉じて、想いを心に閉じ込めていた日々を思い返した。

◆◆◆

初めて奏人に会ったのは、両親の葬儀《そうぎ》の時だ。次々と焼香《しょうこう》を済ませては挨拶《あいさつ》をしていく弔問者《ちょうもんしゃ》の中で、奏人は喪服《もふく》が似合わないふわりとした印象の人だった。

叔父、と言われてもぴんとこない。父が実家と絶縁していたせいもあるが、まだ大学生のような若さの奏人が、どうしても父と兄弟に見えなかったせいだ。

人のよさそうなやわらかな眼差《まなざ》し、穏《おだ》やかな声…叔母《おば》たちの険《けん》のある視線に遠慮しながらも、奏人は心から智基を心配してくれているようだった。

両親の事故死…あの時のことを思うと、智基は今でも足の力が抜けて、地面に吸い込まれていくような感覚がする。

当たり前に続いていると思っていた地面が、実は細いロープを渡されただけのつり橋だと気付いた瞬間だった。母が毎日言う小言《こごと》も、父がくれるメールも、それこそ日々通う学校でさえ、何も起きないからこそ続く日常で、たったひとつの事故が起きただけでぷつんとその生活は終わってしまう。

ある日突然学校で警察に呼び出され、親が死んだと言われた。ただ目の前でばたばたと葬儀の準備が進められて、こんなことが起きるとは思えなかった。

遺族《いぞく》が未成年だということで、葬儀社が納棺《のうかん》まですべて済ませてくれたが、ドライアイスでひんやりとした棺《ひつぎ》の中の父母を見ても、とても実感は湧《わ》かない。まるでふたりに似た人形を入れて、騙《だま》しているのではないかと思うくらいだ。

父は祖父《そふ》と折り合いが悪く、記憶にある限り祖父を見たことはなかったし、父が実家に連絡することもなかった。母の実家は鹿児島《かごしま》の山奥で、曾祖母《そうそぼ》と高齢の遠い親戚《しんせき》しかおらず、連絡はしたものの東京《とうきょう》までは行けないと悔やみの言葉だけ電話口でもらった。

葬儀社と警察の人が、父母の携帯に登録されている人たちに次々と連絡を取ってくれる。やがて比較的血の近い、祖父の妹だという人が駆けつけてくれて、親戚関係はその大叔母が仕切ってくれた。

夕方、喪服を着た弔問者が次々とパイプ椅子《いす》の並んだ斎場《さいじょう》に入ってくる。

人々が花に埋もれた祭壇《さいだん》に手を合わせ、斎場には焼香の匂《にお》いと読経《どきょう》が延々と流れていた。皆口々に可哀相《かわいそう》にと言ってくれるが、智基には少しも実感が湧かなかった。

両親を失った子供というのはもっと悲しいものではないのか、と思うのに、何故《なぜ》か涙は出てこない。ただ通夜《つや》、お浄《きよ》め、と流れ作業のように葬儀が進んでいくのを、まるでテレビドラマのように眺めていることしかできなかった。

非現実的過ぎだ。嘘《うそ》だろう？　と何度も思う。けれど、大人たちが運営して、通夜はどんどん進んでいった。

「………」

やがて弔問者も僧侶《そうりょ》も帰り、隣室にあるお浄めの席も、もう残っているのは親戚だけになった。智基はがらんとした斎場で、そっと祭壇に近づいた。

棺は蓋《ふた》がされていたが顔の部分の小窓は開いている。窓越しに見る目を閉じた両親は、生きていた時よりずっと白い肌をしていた。

——お母さん…。

これが父母だとわかっているのに、もう死んでしまったのだということが実感できない。

今でも、家に帰れば母がいて「あらいやね、死ぬわけないでしょう」と笑い飛ばされる気がした。

——でも、本当にもういないんだ。

これは事実で、目の前の遺体は本物で、葬儀が終わったら両親の姿は二度と見ることができない。

そして、親子三人での暮らしはもう決して戻ってこないのだ。

どうすればいいのだろう…と思う。葬儀が終わって、そして自分はあのマンションにひとりで戻るのだろうか。

隣の部屋にいる親戚の誰かの家に引き取られるのだろうか。学校は？　部活は？　本当に、もうこれっきり父とも母とも一生会話することもなく終わってしまうのか。

――最後に話したことなんて「行ってきます」だけだったのに……。

あまりにも普通の日で、特に振り返ることもなく玄関でおざなりに言っただけだった。結婚記念日で、父とふたりで食事をしてくるとは言われていたが、母も忙しくて、キッチンから行ってらっしゃいと大きな声を張り上げてくれただけだった気がする。

母が今度作ってくれると言っていた好物《こうぶつ》のピラフも、父が正月に教えてくれると約束したスキーも、何もかもが永遠に来ない未来になった。

世界のすべてから切り離されて、ぽんと放り出されたようだ。そんな風に思っていた時に、奏人が傍《そば》に来てくれた。

「お邪魔していいかな？」

「あ…はい」

智基が答えると奏人は少し遠慮気味に、ためらうように、けれどやわらかい瞳を向けてくる。

隣に並んでも、奏人は気安い慰《なぐさ》めは口にしなかった。長い時間丁寧に父母の棺に向かって手を合わせる姿を、智基は黙って見ていた。

ただ静かに冥福《めいふく》を祈ってくれる。それが、どんな労《いたわ》りの言葉より一番安らぐ。

祈り終わった奏人が、ゆっくりと智基のほうを向いた。

「今後…君はどこで暮らしていくかとか、もう決まってるのかな」

心配そうな顔で奏人が案じている。自分が抱えている不安そのものを見られている気がして、智基は取り繕《つくろ》わず不安を顔に出した。

「いえ、まだ…何も決まってません」

そうなんだ、と奏人が呟《つぶや》いた。

「それが、ちょっと心配だったから」

「…」

お浄めの座敷《ざしき》からは叔母たちの雑談の声が時おり聞こえてくる。

「……あのね…君さえよかったらなんだけど、もし他の親戚の人たちが申し出なかったら、君のお祖《じ》父《い》さんの家で暮らさないかな」

意外な言葉に驚いたが、奏人は、今は僕ひとりしか住んでいないから、とふんわりと微笑《ほほえ》んで言う。

「……迷惑では、ないですか？」

引き取られるとしたら、叔母たちのうちの誰かの家だろうとうっすら想像していた。

悪い人たちではなさそうだけれど、急に親戚の子供を養育するとなったら負担が大きいだろうと思っていた。なんとなく、そういう話を避けているような空気を感じていたから、余計自分の先行きに寄る辺《べ》ない感じを持っていたのだ。なのに、奏人は微笑んで手を差し伸べてくれる。

「とんでもない。むしろ、僕が保護者というのはちょっと頼りないと思うかもしれないんだけど…でも、もし君さえよければ」

美大を卒業したばかりで、家で作品を作って暮らしている、と説明された。

その暮らしをリアルに考えたわけではない。叔母たちに引き取られるのが嫌だったわけでもない。

ただ、一緒に暮らさないかと誘ってくれた奏人の声音《こわね》に、ふいに涙が込み上げてきたのだ。

唐突《とうとつ》に、自分が失ったのはこんな優しさだったのだと実感した。

家族の無償《むしょう》の愛情を失って、今、自分に向けられる優しさはすべて利害関係があるものだけだった。皆悲しんではくれるけれど、葬儀社にとってはビジネスでしかなかったし、叔母たちは自分たちの家庭のほうが優先だ。母や父のように、無条件にただ自分のことを思ってくれる相手ではない。

この叔父にだって、生活や事情はあるだろうと思う。けれど、おいでと迎えてくれるやわらかな瞳に、智基は遠慮できなかった。泣かないように頭を下げるのが精一杯だ。

「……すみません。よろしくお願いします」

肉親を失った痛みを初めて実感して、智基は歯を食いしばって深く頭を下げたまま、初めて会った叔父のところへ行くと決めた。

奏人の家は三鷹《みたか》市にあった。武蔵境《むさしさかい》と調布《ちょうふ》駅の間で、どちらの駅からもバスでないと行かれない。築四十年以上だという家は、赤っぽい屋根と茶色い壁の木造二階建てで、周囲の家のほとんどが木造モルタルの洋風建築なだけに、ある意味目立つ。

板壁で囲われ、くぐり戸は木製の引き戸、那智《なち》黒石が埋められた三和土《たたき》、アルミサッシとうねる模様のガラスでできた引き戸の玄関、壁にかかった細長く赤い郵便受け…すべてが昔の映画に出てくるような家だと思った。与えられた部屋も、床はフローリングというより四角い板目模様のプリント合板だった。けれど、この暮らしは嫌ではない。

奏人はとても優しい人だ。あれこれ気を遣《つか》って、なるだけ智基が居心地よく生活できるようにしてくれる。実際には不便なことがたくさんあるのだが、実質的なことよりも、奏人の心配りが温かくて、不慣れな暮らしはそう苦にならなかった。

今朝も、奏人は仕事を休んで両親の遺品整理に付き合ってくれている。もう一週間近く、奏人は毎日法律上の届け出や保険契約、マンション契約などの手続きに走り回ってくれていた。その間ずっと仕事をしていないのが心配になったが、奏人はふんわりと笑って大丈夫だよと言ってくれる。

子供はそんな心配しなくていいから、と言ってもらうたびに、その温かさが身に染みた。

「智基くん、制服のサイズはいくつかな」

「え？」

朝、台所で昨夜《ゆうべ》のうちに買っておいたコンビニ弁当を、電子レンジで温め直しながら奏人が問う。

「今日さ、マンションの片付けの帰りに新しい制服を注文しておこうかと思って。来週はもう学校に行かなきゃいけないし」

「でも、制服はこのままで大丈夫じゃないかと…」

転入先の公立中学も詰襟《つめえり》だと聞いている。わざわざ新しいものをあつらえなくても、と断りかけるとチーンと電子レンジの高い音がして、奏人が扉を開けた。

「いや、ボタンの校章で学校名わかっちゃうからさ。変に絡まれたり、いじめられたりしたら大変……うわ、あちっ」

「大丈夫ですか！」

そう言えば、なんだか随分長い時間温めていたような気がした。

奏人はあつつ、と指に息を吹きかけながら照れ笑いする。

「大丈夫。ごめんね、こういうのって、何分温めればいいのかわからなくて……」

智基はタオルを水で濡《ぬ》らして絞り、指に当てておくように言い渡してちらりと電子レンジを見た。

設定パネルのところには簡易な絵で弁当や牛乳を温めるマークがある。それを押せばいいだけだ。けれど智基には、奏人がそもそもレンジの使い方がよくわかっていないように見えた。

――普段、何を食べてるんだろう…。

この家に来て数日経《た》つが、奏人が鍋《なべ》やフライパンを使っているのを見たことがなかった。「育ち盛りだもの、お腹が空くだろう？」とさかんに気を遣って肉系の弁当を買ってきてくれるのだが、冷蔵庫を開けると野菜も果物《くだもの》もまったく見当たらなかった。あるのは調味料ばかりだ。

奏人も、自炊（？）生活になって一年ほどだという。その前、まだ母親がいた頃はちゃんと台所も使われていたのだろう。うっすら埃《ほこり》をかぶっている調理器具や食器類は揃《そろ》っている。だが、特に皿などは長いこと使われていないのがわかる。

——だからこんなに細いのかな。

自分が運動部だからだろうか、と最初は思ったが、奏人は中学生の智基よりずっと骨が細かった。背丈はかろうじて奏人のほうがやや高いが、ちょっと摑《つか》んでひねったら折れてしまいそうな腕をしている。

自分のほうが必要だろうと思うのだが、奏人は一生懸命「育ち盛り」の中学生のために牛乳を飲ませようとする。豚《ぶた》の生姜《しょうが》焼き弁当の隣に、コップになみなみと注がれた牛乳が置かれた。味の取り合わせは給食並みにセンスがない。

「学校の制服って、駅前に指定店があるんだって。電話で聞いたら、だいたいのサイズだったらすぐ出せますよって言われたから、帰りに寄ろう」

「…はい」

奏人はメモ用紙をダイニングテーブルに置き、ボールペンでひとつずつ項目を消していく。

転校手続き、制服、教科書、部活、塾…と思いつく限りの項目を書いていてくれていて、中には「剣道着」という項目まであった。

「あと他に、必要なのってあるかな」

「いえ、もう十分だと思います」

一生懸命何が必要かを考えてくれているのを見ると、ありがたいと思うのと同時に、そんな奏人の姿が可愛《かわい》らしく見えてしまう。

――叔父さんは、大人に見えないな……。

大人というのは、もっと叔母たちのように逞《たくま》しいか、両親のようにしっかりした人ばかりなのだと思っていた。けれど、奏人は成人しているけれど智基のほうがはらはらするぐらい危なっかしい時がある。

「あの…指、やけどになってませんか」

「え、そうかな」

奏人の指は赤くなった場所に小さな水ぶくれができ始めていた。奏人は熱いものに触ったからね、と呑気《のんき》な顔をしている。

――タオルで冷やすくらいじゃ駄目だな。

「救急箱ってありますか？」

薬を塗らなければ、と思って聞くが、奏人の返事は頼りない。

「どこだろうなあ。あるとは思うんだけど…」

部活用のバッグに応急セットを入れてある。智基が与えられた自室に取りに行こうとすると、奏人が慌《あわ》てた。

「あ、いいよ。氷で冷やしておくから」

「ちゃんと薬塗らないと、いつまでも痛みますよ。部活での怪我《けが》に備えて、簡易キットを持ってるんです」

二階に駆け上がってバッグから何にでも効く軟膏《なんこう》と湿布《しっぷ》を持って戻ると、奏人が感心したように見上げてきた。

「すごいね…そんなものまで持ってるんだ」

赤くなった親指の腹にチューブの軟膏を塗る。奏人はされるがままだ。

「運動部なので、怪我はつきものなんです」

「そうかあ……でも、すごいよ」

大人に感心されて、智基は不思議な気持ちだった。

大人というのはもっと自分より人生経験があって、頼れる存在だと思っていたのに…。

――そうじゃない大人もいるんだな…。

その後、食事を片付けて、ふたりで千葉《ちば》のマンションに向かった。

マンションの片付けをして帰りに制服を注文し、駅前の大型スーパーに寄った。

買い物カゴを持つと、奏人はいそいそとカップ麵《めん》の並ぶ棚に向かい、にこっと笑いながら振り向いた。

「部活のあととかもきっとお腹空くよね。ちょっと多めに買っておこうか」

智基はどう返事をしてよいかわからず、なんとなく驚いた顔のまま黙っていたが、奏人はずらりと並んだカップ麵をにこにこと物色《ぶっしょく》している。

「僕は文化部育ちだから、運動部の子がどのくらい食べるかって、ちょっとわからないんだ」

だから、遠慮せず言ってくれ…と言いながらどれがいいかと選ばせてくれる。

——インスタントばかりって、栄養が偏《かたよ》るんじゃないかな。

そう思うが、さすがに引き取ってくれた相手にあまり文句は言えない。それに、奏人は運動量の多い中学生を思い遣《や》ってくれているのだ。

「あ、ちゃんとした食事も買うからね。これは、あくまでもお腹が空いた時のおやつ代わりで…」

「あ、はい」

けれど、次に立ち寄ったところは温めるだけの冷凍食品売り場で、その次はパンコーナーだった。

——これで、身体《からだ》は大丈夫なんだろうか…。

ジャンクフードが嫌いというわけではないが、食育に熱心な母親からいろいろ言い聞かされてきた身としては、奏人の食生活は不安だ。

このスーパーは食品売り場が地下一階と二階に分かれていて広い。鮮魚や精肉売り場も充実しているのに、奏人は生鮮食品のエリアにはまったく行く様子がないのだ。

偏食で、とか、インスタントものが好きで、とかいうより単に〝思いつかない〟のではないかと思うスルーぶりに、智基はどう言おうか悩んだ。

――野菜を食べましょう、と言ったほうがいいかな。

口やかましく躾《しつ》けてくれた母親と同じことをしそうになっている自分に少し胸が詰まったが、奏人はそれに気付かずに上の階に向かっていた。

「…？」

どこに行くのかと黙って付いて行くと、洗剤やシャンプーなどが売っている場所に着いた。入浴剤が切れちゃっててね、と奏人がのんびりと言う。

「あるかなあ…」

奏人は、よくＣＭで見るようなメーカーのパッケージが並んでいる棚を通り越して入浴剤を探している。

「どこのメーカーのですか？」

「うー、ん。あ、あった」

これ、と手に取ったのはドイツのメーカーの入浴剤だ。緑色の蓋とオレンジ色の粒、ラベルにはラベンダーの写真。

――うちのと同じだ。

唐突に智基は母親の笑顔を思い返した。一緒に風呂に入ったのは小学一年の頃までだったはずなのに、母が両手で湯をすくい「いい匂い」と目を細めていた光景が鮮明に蘇《よみがえ》る。

「……」

一瞬目頭《めがしら》が熱くなって、必死で目元に力を入れた。

家の風呂は、必ずこの入浴剤だった。母がこのメーカーをお気に入りで、たまに種類を変えることはあったけれど、だいたいラベンダーだった。

浴室も脱衣所も湯気とともにこの香りが満ちていて、それはもう〝我が家の香り〟と言っていいくらいだった。

「僕、この匂いが好きでさ、いつもこれなんだ」

ちょっとラベンダーって女子っぽくて恥ずかしいんだけど…と奏人が照れたように言う。涙がこぼれないように気を付けていると、黙っているのを気遣ったのか、奏人が智基に向き直る。

「この匂い、大丈夫？　もし他のがよければ…」

「いえ、大丈夫です。家でも、これを使ってたので」

奏人ははっとした表情をした。かなり眉間《みけん》に力を入れていたのだが、込み上げた涙は気付かれてしまったのかもしれない。

奏人はそうか、と小さく呟いてカゴに入浴剤を入れた。

何も言わず、根掘り葉掘り聞くこともなく、奏人はただやわらかな声で「多めに買っておこうか」とボトルをカゴに継ぎ足した。

無言の優しさが心に染みて、智基は黙って後ろを付いて行くことしかできなかった。

「……」

父母を失ってから、いろんな人が自分を励ましてくれた。

マンションで家族ぐるみの付き合いがあった人たち、学友やその父母、先生、部活の同輩、後輩……皆口々に父母が亡くなったことへのお悔やみを言い、大変だったね、可哀相だね、でもくじけずに頑張ってね、と言ってくれる。

励ましてくれるのはありがたい。嬉《うれ》しいし、支えになる。けれど、どんな言葉をかけてもらっても、この悲しみや喪失感は消えないのだ。

こうやって、ふとした日常で両親がいた頃の記憶が蘇る。毎日、小さな棘《とげ》のように悲しみの波がおしよせて来る。そんな時は、どんな慰めの言葉も自分を救ってはくれなかった。

もう戻れない暮らしを懐かしむにはまだ生々し過ぎて、そして失った生活を憐《あわ》れまれても悲しみが薄くなるわけではない。

智基は、だから奏人は黙るのだと感じていた。

奏人は、誰かを失った悲しみを、言葉だけでは癒《い》やせないと知っているのだ。誰も、失った父母の代わりにはなれない。

まばたきを抑えてみたけれど、何度も涙が込み上げてきて、会計を終えてスーパーを出る頃には、やはり目尻から伝い落ちた。スーパーの袋をお互いひとつずつ持ち、涙を見られないよう歩調を遅らせる。

「…」

奏人の手がそっと後ろに伸ばされて、智基の手を取った。

奏人は歩調を合わせてゆっくりと歩き、温かい手と手が離れないように握ってくれる。そして、変わる信号を仰ぎ見るようにふんわりと呟いた。

「迷子になっちゃうといけないからね」

「……」

夕暮れが終わって街灯が光り始めた駅前で、智基は鼻筋に流れていく涙を俯《うつむ》きながら隠すことで精一杯だった。

――お母さん、お父さん……。

奏人は振り向かずにいてくれた。ただ黙って、バスには乗らず、ふたりで長い道のりを歩いて帰った。

◆◆◆

奏人の家で暮らし始めて、最初の夏が駆け足で過ぎていった。

心配していた「カップラーメン暮らし」は、一緒に住み始めて十日目に、智基が料理をかって出たことで解決した。奏人は、中学生におさんどんをさせることに申しわけないと遠慮していたが、実際に食事を作ると、美味《おい》しいと感動してくれて、今では財布《さいふ》ごと渡してくれ、森《もり》家の食事管理は智基が全権を握っている。

——野菜炒《いた》めでも叔父さんは喜ぶから…。

料理は、学校の家庭科でも習っていたし、そもそも母親が料理好きだったので、小さい頃から手伝っていた。

両親は共働きだったから、週末は家族が揃うと買い出しに行き、保存の効く常備菜《じょうびさい》を山ほど作っていたのだ。中学に入ってからは、母の帰りが遅い日などは、代わりに夕食を作ったこともある。

不規則勤務の父は、智基の作る食事をとても褒めてくれた。あまり美味しいと喜ぶので母が拗《す》ねたくらいだ。そのせいだろうか、奏人に喜ばれると、なんだかもっと作って食べてもらいたくなる。

平日は学校と部活、塾はやめて、通信教育にした。週末に食材を買い足して常備菜を作り、あとはその都度簡単なものを調理する。

母とやっていた生活を、形を変えながら続けることが、なんとなく父母のいた生活に繋《つな》がっているような気がして、気持ちが落ち着ける生活リズムだった。

うろ覚えで手伝っていただけの料理を思い返しながら、ネットで調べつついつの間にかレパートリーも順調に増えている。

学校にも馴染《なじ》んだ。部活も前と同じ剣道部に入り、気の合う友達もなんとなくできつつある。

人生の大転換だったのに、バタバタとした慌ただしい勢いに乗って、どうにか乗り越えてしまった感じだ。

叔父とのふたり暮らしも、大きな衝突もなくできていた。

奏人は見た目通りの人だ。

人がよくて、一生懸命親身になってくれるのだが、ちょっと頼りなくて結局智基のほうがフォローする。そのことに奏人は謝ってばかりいる。

両親を失った時、智基はしっかりしなければ、と自分に言い聞かせたのだが、奏人の生活を見ると、自分のほうがよほどしっかりしていて認識を改めた。

――これでも、暮らせてしまうんだな……。

奏人は洗濯機から出したままの、しわくちゃの衣類を物干し竿《ざお》に下げるだけで乾かしてしまう。どうかすると一日一食で、お湯を沸《わ》かすのが唯一の〝調理〟になってしまうし、掃除機は畳の目を無視してかけてしまう。よかれと思って買ってきてくれるのだが、乳製品の賞味期限はまったく確認していない。

大人なら当然できるもの…と思っていたことが全然できない奏人を、智基は危なっかしくて見ていられず、ついつい手伝って、そのうち智基のほうが奏人に指示を出すようになった。

けれど、叔父のことは尊敬している。奏人は芸術家なのだと思う。

縁側に継ぎ足して作られたプレハブ小屋が奏人のアトリエだった。中に入らせてもらうと、正面には大きな作業机、左右にはそれぞれ採光できる細長い窓があって、それ以外は板が壁に横打ちされていて、棚代わりになっていた。

古いメープル材の棚には、瓶《びん》に入っていたり、むき出しのままの鉱石が並んでいる。グリーンガーネット、ムーンストーン、タンザナイト、オパール、ギベオン…美しいグラデーションや結晶を持った石たちに興味をそそられて尋ねると、普段はおっとりしている奏人が夢中になってどうやってこの結晶の形になるのか、とか、内包されている物質の性質とかを語ってくれる。そして、奏人の手で作られたオブジェは、驚くほど奥深い「小さな宇宙」だった。

指でつまめるほど小さなガラスドームから、手のひらに載せられる程度まで、大きさは様々だったが、作り込まれる世界は繊細《せんさい》で、見ているだけで自分もその小さな世界に入り込んでしまいそうになる。

繊細に設計された世界で、爪の先ほどの水晶は巨大な氷山に、琥珀《こはく》に閉じ込められた羽虫《はむし》は恐竜のように大きく見え、森や海、砂漠や空が広がっていた。

——ああいう物を作れる人は、ちょっと変わっていてもしょうがないんだろうな。

奏人は仕事をし出すと昼夜を忘れる。声をかけても気付かない時もあるし、空腹も感じないらしい。

はじめは心配して何度かアトリエの入口におにぎりを用意してみたことがあるのだが、奏人がまったく気付かないので、やめた。

――傷《いた》んでいてもそのまま食べそうだし…。

だから保存の効くカップ麺だったのか、とあとから納得した感じだ。ベッドで眠ることすらしないでアトリエで眠ってしまう。けれど、それが奏人の生活サイクルなのだと理解して、智基は気にしないようにした。

作品ができると、もとの生活サイクルに戻るし、アトリエに籠《こ》もる時以外は、やはり気遣って学校のことや友達関係を気にしてくれている。

歳《とし》が近いせいもあるだろうし、もともとの奏人の性格もあると思うが、保護者の権威を笠《かさ》に着るということもなく、無理に詮索してくることもない。鞄《かばん》の中までチェックしたがった母より、ラクだと思う時もあった。

うまくいっていると思う。何もかも、環境が変わったのにちゃんと順応できていると思う。だが、こうした三鷹での暮らしが〝日常〟になってくるにつれて、言葉にならない感覚が智基を覆った。

自分の身体に、薄い鉄の膜を一枚張り付けられたような感じだ。何も無理強《じ》いされていないのに、身体の外側から拘束されているような圧迫感がある。

薄い鉄の膜を通した世界はどこか鈍くしか伝わらない。

クラスの友達と笑い合う声も、給食の匂いも、部活で練習をしている時さえ薄い膜で隔《へだ》てられたように周囲が遠い感覚になる。

ふいに、自分がこの場所にいるのは幻想なのではないかと思ってしまう。本当の自分はまだ千葉のマンションで暮らしていて、今の自分は実体ではない…それが、この膜の正体なのではないかと思ってしまうのだ。

智基はそれを馬鹿な思いつきだと苦笑した。

もう両親と暮らした家は他人が住んでいる。賃貸に出されたのだ。奏人は〝将来のために〟と物件を売らずに智基名義にして、賃貸料は智基の名義の口座に積み立てられていた。

あの家で暮らすことは、もうないのだ。

ちゃんとわかっているのに、時おりこんな気持ちになる。けれど、智基がそれを口にすることはなかった。

言っても仕方のないことだし、叔父に心配をかけたくない。

――何も、困ってないんだし…。

不自由もなく、いじめなどの被害もない。むしろ順調過ぎるほどだ。これ以上何かを望むのは贅沢《ぜいたく》でしかない。智基はそう思っている。

季節はもう冬に差し掛かっていた。

今年もあとふた月を切るくらいで、日暮れも早くなり、朝晩の冷え込みが厳しくなってきている。

智基は毎朝剣道部の朝練に行くので、六時には家を出ていた。夏の間は気持ちよく青空が見えたが、だんだんと朝焼けの中で玄関を出るようになってきている。そのうち、星が瞬《またた》くくらいの頃に出ることになるだろう。

その日も、朝練に行くために玄関で靴を履《は》いていた。

上がり框《かまち》に腰掛け、左側に鞄と道着を入れた袋、竹刀《しない》袋を置いて靴紐《ひも》を結び直す。もう吐く息が白くて、指先が冷たい。

玄関のガラス戸からはぼんやりと朝の明るさが広がっていて、紐を結び終わって立ち上がりかけた時、急にけたたましいベルが鳴って、驚いて動きを止めた。

——なんだ？　警報？

火元を確認しようか、と履いた靴を脱ぎかけたが、ベルは一瞬で止んだので、そのまま玄関を出ようとした。するとパタパタと走ってくる音が聞こえる。

「…？」

奏人が居間を突っ切って、寝癖で跳ねた髪のまま玄関に駆け込んできた。

「おはよう」

驚いて見ていると、奏人がふんわりとした笑顔でくしゃっと目を細める。

「行ってらっしゃい」

「……」

智基は胸を詰まらせた。理由はいくつもあったと思う。

奏人がわざわざ自分を見送るために目覚ましをかけて起きてくれたのだということ。奏人のやわらかな笑み。誰かに見送られるという懐かしい気持ち。そして、奏人の声はまったく母とは似ていないのに、最後の日に母がキッチンからかけてくれた〝行ってらっしゃい〟に重なった。

目頭が熱くなるのに、笑いたくなるほど嬉しくて、自分がどんな顔をしたのか、よくわからなかった。

「…行ってきます」

送り出される背中越しに奏人の視線を感じて、見守られる幸福感が胸を満たす。

いつも薄く身体のまわりに張り付いていた鉄の膜が溶けていく。

朝陽《あさひ》が妙に眩《まぶ》しくて、智基は衝動のままに駆け出して学校に向かった。


それから、奏人は毎朝見送りをしてくれた。

徹夜をしていても、食事すら忘れてしまう仕事中でも、必ずパタパタとアトリエから駆けてくる。慌てて走ってくるので、智基はちょっと玄関で待っていても、必ず朝の挨拶をした。

特別なことをしてくれるわけではない、ただ〝行ってらっしゃい〟と声をかけるだけだ。けれど、それから少しずついろいろなことが変わったような気がする。

夕方になると、玄関の門燈を奏人が点《つ》けるようになった。それまでそういうことに頓着《とんちゃく》しなかったらしく、だいたい真っ暗な玄関に帰ってきたのだが、笠の付いたオレンジ色の光のもとに帰るのはなんだかほっとした。

おはよう、お休み、行ってらしゃい、おかえり…奏人は必ず智基の生活サイクルに合わせて接触してきてくれる。時間が合わない時は、わざわざ風呂場の扉を開けてでも、ひと声かけてからアトリエに入るようになった。

「僕、これから仕事に入っちゃうからさ。お休み」

「あ、はい、お休みなさい」

湯気越しに奏人が手を振る。智基もつられて笑顔になった。

——わざわざ言いに来なくていいのに…。

そう思うが、やはり嬉しい。

元々共働きの家庭で、父はパイロットという職業柄毎日帰ってくるわけではなかったし、母も急な残業が多かった。ひとりで学校から帰って、ひとりで塾に行って、友達とコンビニで軽食を買って食べて帰り、そのまま先に眠ることも珍しくはなかった。

そんなものだと思っていて、だから奏人とすれ違う日々があっても何も苦痛ではなかったはずなのに、こうして毎日挨拶を欠かさない生活になると、その幸福感に気付く。

誰かが自分を気にかけている、たわいない挨拶で心が満たされる。

——不思議だな……。

智基はぼんやり湯船に浸《つ》かりながら実感する。

銀色のバランス釜《がま》が付いた、青っぽい昔風の風呂にはたっぷりの入浴剤が入れられ、風呂場はラベンダーの香りでいっぱいだ。入れ過ぎだと智基は思うが、奏人はいつも智基が入る前に入浴剤をざくざく入れる。風呂を焚《た》く時間すら忘れて煮立たせてしまうくせに、これだけは忘れずに先に入れてくれるのだ。それが、風呂場全体をラベンダーの香りにさせておこうという奏人の配慮だとわかるので、心がじんわりする。

何もかも変わってしまった生活の中で、この匂いが前の暮らしと変わらないことに、どこかほっとしていたし、そう思わせようと気遣ってくれる奏人の気持ちが嬉しいのだ。

奏人の家に来てよかったと思う。他の親族の家に引き取られても幸せに暮らせたかもしれないけれど、自分は奏人と暮らせたことが幸せだと思った。

◆◆◆

来週から十二月、という週末だった。パンと目玉焼き、コーヒーの朝食を終えると、奏人が急に言いだす。

「智基くん、今日って予定ある？」

「？　いえ」

部活もないし、午前中は部屋の掃除をして、昼に買い物をして、午後からは勉強をしようと思っていたところだ。奏人は深緑のタートルネック姿でいつものふんわりした笑顔を見せる。

「そろそろ冬支度をしようかと思ってさ、もし時間が取れるようだったら、手伝ってくれる？」

「はい」

食器を洗い、居間に行くと奏人は〝冬支度〟のために押し入れを開けた。

縁側に面している六畳ほどの居間は台所に繋がっていて、一方が廊下に接している壁、反対側の壁は幅一間《ひとま》の天袋《てんぶくろ》付き押し入れだった。

「この家、隙間風がすごいから、冬は寒くて二階に居られないんだ」

奏人は押し入れからこたつを出しながら言う。ぶつかりそうで、智基は慌てて襖《ふすま》を外して手伝った。

「一応、智基くんの部屋の押し入れにヒーターが入ってるんだけど、それだけではとても寒くて耐えられないだろうし」

確かに、と智基は納得する。マンションと違ってこの戸建《こだ》ては気密性がない。もう、朝夕はカーテン越しでも窓から冷気が伝わってくるのだ。

よいしょ、と天板《てんばん》や電気コードなどの付属品を壁際に置きながら、奏人は楽しそうに言う。

「だから冬はね、みんなこの居間に集まっちゃうんだよ。ここが一番暖かいから」

押し入れの半分は冬用品だった。四畳サイズのホットカーペット。ふわふわしたカーペットカバー、こたつの中掛け、ボリュームのあるこたつカバー、古めかしい石油ストーブが次々と出され、智基は頼まれるままにビニール製の収納袋から布類を取りだし、塀に囲まれた小さな庭にある物干し竿にかけて干す。

「古家《ふるや》だけどね、冬仕様にするとけっこう暖かいんだよ」

「そうなんですか」

掃除機をかけてカーペットを敷き、カバーを掛けこたつを作ると、布がたくさん敷かれるせいか、確かにそれだけで部屋は暖かくなった。エンジに近い昔風の柄のこたつ掛けに、毛糸編み風の模様になったオフホワイトのカバーが掛けられ、縁側との間にある障子《しょうじ》を閉めると、漫画に出てくる「おばあちゃんの家」のようだ。

やり方を教わって、玄関にある赤いポリタンクからストーブ用に石油を入れ、丸いつまみをねじって火を点けると、ヒーターとはまったく違う、本物の火が起こす暖かい空気が部屋に広がっていく。

「智基くん、これストーブの上に載っけといてくれる？」

「はい」

台所から呼ばれて水のたっぷり入ったやかんを渡される。ストーブの上に載せて、火を調整していると、ずっと台所でがさがさしていた奏人がちょっと得意気に入ってきた。

「じゃーん」

――蜜柑《みかん》？

両手で抱えるくらいの大きさの黒塗りの菓子鉢《かしばち》に、橙色《だいだいいろ》をしたつややかな果物が山盛りになっている。奏人は楽しそうだ。

「冬支度はね、この蜜柑がないと完成しないんだ」

奏人はそれをこたつにうやうやしく置き、点灯式、と言って笑いながらこたつの電源を入れた。

「入ってて、お茶持ってくるから」

「あ、やりますよ」

「いいよいいよ、たまには休んで」

いそいそと台所に引っ込む奏人に言われた通り、智基はこたつの端をめくって正座した。

生まれ育った家にこたつはなかった。床暖房とエアコンで、ヒーターもオイル式だった。

初めて入ったこたつは、膝にかかるこたつ布団の暖かさと、中の直接的な熱でなんだか心地よい。

石油ストーブの暖かさはもっと気持ちよかった。やかんは早くもじゅわじゅわと小さく音を立て始めている。

「お待たせ、あ、まだお湯が沸かないか」

お盆には茶筒と湯呑《ゆの》み、急須《きゅうす》があって、奏人は向かい合うように座った。

「はい〝冬支度〟完成！」

お疲れさま、と蜜柑を渡してくれる奏人の笑顔が眩しい。

普段、野菜を買うことすら思いつかないのに、蜜柑だけは別格らしい。

「十二月に入る前に、絶対冬支度をしようと思ってたんだ」

蜜柑は智基が学校に行っている間に買ってきたのだそうだ。

障子からはやわらかい陽射《ひざ》しが入ってきて、ストーブの赤い火が部屋をより暖かく照らす。足元はぬくぬくしていて、こんな心地よい温かさは初めてだ。

もらった蜜柑は、甘くて美味しかった。奏人が〝こたつに蜜柑の花を咲かせるのがお約束〟だというので、お湯が沸くまでふたりで何個も食べて、剝《む》いた皮で本当にこたつの上は花だらけになった。

「この皮を天日《てんぴ》で干して、ネットに入れてお風呂に浮かべるといい入浴剤になるんだよ」

「へえ…じゃあやってみましょう。これ、取っておきます」

「あ、でも…」

奏人が何を気にしたのかわかったので、智基は笑顔を見せた。

「たまには、違う入浴剤も楽しいでしょう?」

もう、大丈夫だと智基は思う。あの匂いを懐かしいと思えるくらいにはなった。

両親と暮らした生活が思い出に変わりつつある。もちろん、ふたりを想わないことはないが、あの時間がもう過去のものになったのだと心が受け入れ始めた。

奏人は、奏人らしい柔軟な接し方で家族になろうとしてくれている。決して無理強いをせず、押しつけることもなく、智基の気持ちが整うのを待っていてくれた。そんな〝新しい家族〟がいるから、あのラベンダーの香りに、執着する必要はないのだ。

「冬支度って、いいですね。この部屋で勉強しようかな」

そう言うと奏人は本当に嬉しそうな顔をした。

外は陽射しがあっても、冬らしい寒さになっている。けれど、智基はそれが余計この部屋を暖かくしてくれるんだなと思う。

外が寒いほど、部屋の暖かさが実感できる。この部屋は暖かくて居心地がよくて、まるで奏人自身のようだ。

しゅんしゅんとお湯が沸き始めると、奏人がお茶を淹《い》れながら、やはり柔和な瞳で言った。

「そうそう、もうそろそろ僕のことは名前でもいいんじゃないかなと思うんだけど」

「え？」

「だってさ、叔父っていうほどえらそうなことは何もできてないし、それに、あんまり親戚付き合いがなかったのに〝叔父さん〟っていうのも、そぐわないかなって」

「でも、なんて呼べばいいんですか」

叔父と甥、という以外の距離感がわからない。けれど奏人はのんびりと笑う。

「普通に、名前でいいんじゃない？　その代わり、僕も呼び捨てにしちゃうから」

そろそろ無礼講《ぶれいこう》でいこうよ、と提案されて、智基は迷ったが頷《うなず》いた。

一緒に暮らし始めてから半年以上が過ぎた。あの葬儀からそれだけの月日が流れて、自分でも、もう〝この家の子〟になってもいいんじゃないかという気持ちになる。

そんな風に、ゆっくりと時を待ってくれた奏人がありがたかった。

「じゃあ、名前で呼ばせてもらいます」


それから、その年の冬中、智基は奏人と居間で過ごした。

部活から帰ってくると、しゅんしゅんとやかんが湯気をあげる暖かい部屋で奏人が待っている。おかえり、と笑ってくれる人がいる生活が幸せだった。

こたつにカセットコンロを置いて鍋をつつき、そのあといつまでも居間でだらだらとテレビを見た。勉強を始めると奏人はテレビを消して本を読んでいる。製作をわざと夜中や昼にしてくれているのがわかった。

徹夜明けの時、奏人はいつの間にかこたつに腰まで入ってうたた寝をしてしまう。そんな奏人にこたつ掛けを肩まで引き上げてやり、そのままその傍で勉強をしているのが楽しかった。眠ってしまうと会話はできないけれど、誰かがそこに居てくれるだけで安らぎを覚えた。

機能的なマンションでの快適な暮らしからは遠くなったのに、隙間風の吹くこの家のことを嫌いになれない。

智基は、薄い鉄の膜に固められたようだったあの頃のことを思い出していた。

今ならわかる。あの感覚の名前は〝孤独〟だ。

新しい環境に馴染んでいるようで、本当はできていなかった。順応しなければと無理をしていただけで、ひとりぼっちで、知らない世界で暮らしているような気持ちだった。

奏人が家族として包んでくれて、だからあの孤独は溶けたのだと思う。

すうすうと穏やかな寝息を立てる奏人を見て微笑みながら、智基は問題集のページをめくった。

◆◆◆

苦しいほどの恋に目覚めたのは、高二の夏だ。

無事に高校入試を終え、入った学校は剣道部が強豪で、顧問からも先輩からも活躍を期待された。勉強も部活も充実していて、毎日が楽しかった。

奏人との生活もすっかり慣れ、時々叔父だということも忘れてしまうくらいだ。

男のふたり暮らしだから、思い切ったこともできる。庭にブロックを積み上げてかまどを手作りし、魚焼き網でいきなりバーベキューをしてみたり、洗濯機が壊れた時は「足踏み洗濯をやってみよう」とタライを庭に出して足で洗濯物を踏んで洗ったり、時々奏人の友達がやってきて、皆でごろごろする居間での飲み会が開かれたりした。母が見たら、きっと目を見開いて怒るだろう。

虫が入るから嫌だと、母は絶対に網戸を開け放したりしなかった。けれど、この家は風が気持ちいいからと、夏場は縁側のサッシを全開にする。もちろん、蚊が入って来て大変なのだが、その代わり蚊を駆除する線香を焚く。渦巻き型の懐かしい形に火を点けると、ノスタルジックな香りが部屋に広がって、智基はそれが好きだった。

行儀と躾《しつけ》に厳しく、折り目正しい行動を教えられてきた智基にとって、それは初めて見る驚きの世界で、真面目《まじめ》だけれどそういうところを柔軟に楽しめてしまう奏人は、智基にとって尊敬に値する人物だ。

智基は部活でも学校でも〝真面目だ〟と言われる。自分でも、羽目《はめ》を外せないタイプだと自覚している。だから、自分に比べてゆるやかな奏人のことは、羨《うらや》ましい。

ランニングシャツだけで行儀《ぎょうぎ》悪く食べる食事も、突然思いつきで始めてしまう夜中の花火も、子供だけで過ごす合宿のようで楽しい。

瞬く間に毎日が過ぎていって、高二の一学期が終わった日のことだ。

部活の練習日程表をもらいに行き、教室に戻ると、もうほとんどの生徒が帰っていた。智基も鞄を持ち、廊下に出かけた時、クラスの女子に呼び止められた。

「森くん、ちょっと、いいかな…」

「うん」

告白されるのだろうというのは雰囲気でわかった。彼女は菊池《きくち》という少し勝気に見える大人びた女子だった。図書委員長で、真面目で優秀、見た目も長い黒髪がきれいで、男子からも人気がある。

言われるままに後ろを付いて行き、特別教室棟《とう》との渡り廊下まで来たところで、菊池が振り向いた。

「あのね……、まあ、要するに告白なんだけど」

バレバレだよね、と頬をやや赤らめながら彼女は笑った。照れ臭そうに視線を床や窓に逃がしている。

「菊池、あの…」

「あ、いいんだ。森くんが万結《まゆ》とか愛理華《えりか》とかも断ってるの、知ってるし」

女子同士は連携がいいらしい。断ろうとする前にはにかみ気味に遮《さえぎ》られた。

「友達からでいいの…どうかな」

一緒に多摩川《たまがわ》の花火大会に行かない？　と誘われる。

「ごめん」

見る間に菊池の顔が曇ったが、他に答えはなかった。

彼女が嫌いというわけでも、恋愛が嫌《いや》だというわけでもない。小学生の時はちゃんと好きな相手もいた。

ただ、今は女子と付き合いたいとか、そういう気持ちにならない。

「……誰か、好きな子がいるの？」

女友達としてでもダメ？　と菊池は先ほどまでの照れを捨てて迫ってきた。そんなんじゃないんだと断っても、諦《あきら》めてくれない。

「どんなタイプが好きなの？　せめて教えてよ。私、努力するからさ」

努力をするものじゃない、そう言っても彼女は聞かない。

「でも、私、このままじゃ気持ち的に納得できないもん。森くんはどんな子が好きなの？」

「……」

智基は自分の中で答えを探そうとした。

どんな人が好きだろう。自分が彼女にしたいタイプ……。そう考えているとおぼろげにイメージが浮かんでくる。

やわらかく笑う瞳、ふんわりとした空気、穏やかに微笑む奏人の顔が脳裏《のうり》に広がって、智基は慌てた。

「…き、急に言われても、思いつかない」

「森くん…」

「ごめん…」

胸がドキドキしだして、智基は慌ててその場を去った。

渡り廊下は照りつける陽射しで温室のように暑い。噴《ふ》き出す汗を拭《ぬぐ》いながら、だんだん小走りになる。

――何を考えてるんだ…俺……。

脳内ではまるで奏人が女性であるかのようにふわりと光をはらんで微笑んでいる。胸が苦しくて、呼吸が乱れて、智基は思わずシャツの胸元を握りしめた。

女の子の好みを聞かれたのだ。奏人を思い出すなんておかしい。そう思うのに、意識すればするほど奏人の姿が脳裏に浮かぶ。

白くて細い腕、いつもピンク色の唇。ちょっと困ったように笑って謝る姿がチラついて、動悸《どうき》が治まらない。

「…………」

それでも、これはアクシデントだと智基は思っていた。急に好みを聞かれて、つい身近な人の姿を思い出してしまっただけだと思う。

——ばかだな、奏人さんを思い出すなんて。

告白はよくされる。またこんなことが起きた時のために、ちゃんと好みの女子くらい考えておかないといけないいな、と智基は苦笑しながら学校を出た。

帰宅すると、居間には来客がいた。奏人の大学時代の友人で、作品の納品先でもあるインテリアサイトのオーナー、入江《いりえ》だ。

「あ、智くんおかえり」

「入江さん、こんにちは」

ぺこりと頭を下げると、黒縁眼鏡《くろぶちめがね》の入江が笑った。向かいに座っていた奏人が重そうに大きなスイカを持ち上げる。

急に、視界いっぱいに奏人の姿が飛び込んできたようで、心臓が大きくドクンと波打った。

奏人は何も気付かず、屈託《くったく》のない笑顔を見せる。

「すごいのもらっちゃったよ。ほら、まるまる一個」

「ふたりなら食べきれるだろ？」

紅白のビニール紐でネット状に包まれたスイカを、奏人が両手で持って近づいてきた。

「半分に切って、冷蔵庫で冷やそうか。入江がいるうちに、みんなで食べようよ」

紺の細いボーダー柄Tシャツから、白い腕が覗《のぞ》いている。近づかれるとふわりとしたやわらかな髪からほのかにラベンダーの香りがして、智基は不意打ちをくらって動揺した。

まるで菊池に女子の好みを聞かれた時のように、奏人の姿にドキドキした。入江がいても、奏人の存在だけが、部屋の中で浮き上がって見える。

平静を保とうと、奏人から慌ててスイカを取り上げて台所に向かった。

「あ、じゃあ…切ります」

「手伝うよ」

「いえ、ひとりでできますよ」

奏人の後ろからは、智くんの邪魔になるからやめとけ、とからかう入江の声がする。奏人はブーイングでそれに応《こた》えていた。

けれど、智基はそれに加わる余裕がない。スイカに目を移しても、奏人の声が甘く耳に付いて動悸が治まらなかった。

——どうしたんだ…俺……。

今朝までなんともなかった。菊池とおかしな話をしたせいで、自分は奏人を意識し過ぎているだけだと思いたいが、指の先までドクドクする脈を感じた。

動揺を打ち消そうとスイカに集中しても、奏人の顔ばかり浮かんできてしまう。食事の支度を理由に台所に籠もったが、まったく落ち着かなかった。

「智基、そんなにやらなくていいよ」

「…！」

「？」

背後にいきなり奏人がいて、智基は驚いて後じさった。

「あ、だ、大丈夫ですよ。下準備してるだけですから」

「うん、でも、まず制服を着替えなよ。ごはんの支度なんていいから」

夕方になったら、みんなでそうめんでも茹《ゆ》でようよ、と奏人が笑う。

頬が熱くなるのがわかる。奏人の笑顔を見ていられない。智基は顔を隠すようにくるりと向きを変え、台所から廊下に出た。

「…そうですね。着替えてきます」

不審《ふしん》に思われなかっただろうか、と不規則に高鳴る心臓を抑え二階に駆け上がる。まだ胸がドキドキして奏人の顔がチラついた。

「……」

自分は一体、どうしてしまったのだろう。毎日見慣れているはずの姿に、顔面が熱くなって平静でいられない。

——好きだ……。

何がなんだかわからなかった。ただ、奏人の姿を思い返すたびに胸がぎゅっと苦しくなって、そんな感情が込み上げる。

好きだ、あのやわらかく笑う表情も、絹糸のように細くてつややかな髪も、線の細い身体も、何もかも思い返すだけで胸が騒ぐ。ジェットコースターで恋に落下したような感覚だった。

ドキドキする手のひらを握りしめながら、同時に智基は自分が抱いた感情を異常だと思っていた。

——奏人さんは男だ。

同性を好きになる…ゲイやホモという言葉は知っているが、自分には縁がないと思っていた。それは子供の頃は容赦《ようしゃ》ないからかいの言葉だった。子供らしい残酷さで、クラスの男子が級友に使っていて、自分がそう言われたわけではないが、それを見ていて同性が同性に想いを寄せることは、何かいけないことのように感じたものだ。

自分は、世の中の常識に反した感情を持ってしまったのか。もしこの感情を知られたら、やはり非難されるのか…そう思うと、自分がとてつもなく悪いことをしたような気持ちに駆られる。

奏人を想うと胸が疼《うず》く。けれどその感覚に罪悪感を覚えて、智基は懸命に感情を否定した。

これはいけないことだ。このやましい感情を誰にも知られてはいけない。特に、奏人には絶対に。

何度も深呼吸をして階下に戻り、つとめて奏人を見ないようにしながら、入江たちとスイカを食べた。

夏休みに入って、智基は奏人に知られないようにしながら必死にネットで調べた。

自分の感情は何がおかしいのか。ゲイとは、同性への恋愛感情とはどんなものなのか。

調べるにつれ、それが自分が考えているほど社会悪ではなく、認められた性的マイノリティなのだとはわかったが、同時に、日に日に抑えられなくなっていく感情に悩んだ。

奏人が傍《そば》に来るだけで胸が騒ぐ。何気なく肩を触られたり、食器を渡した拍子に指が触れたりすると、どきりと心臓が鳴った。見ると平静でいられないのに目で追わずにはいられなくて、そんな自分に苦しむ。

気付かれたらどうしよう、それが一番心配だった。

気持ち悪いと思われるだろうか、そんな変な考えを持つ甥とは暮らせない…そう言われたらどうしようと思うと不安で、智基は必死で感情を隠した。けれど一度恋に落ちた感覚からは抜け出せず、背中側から声を聞いただけで胸が引き絞られるほど奏人のことが好きだった。

苦しくて、どうしてよいのかわからなくて、何よりも、そんな恋を誰にも相談できないことが辛《つら》い。どうしたらいいのか誰にも聞けない。

クラスの女子を好きになったら、友達か先輩に相談できるだろう。けれど奏人のことは打ち明けられるわけがない。

どうしたらこの切ない気持ちが楽になるのか、答えを聞ける相手はネットしかなかった。

部活と称して早くに家を出て、ネットカフェで様々な掲示板を漁《あさ》る。同じ悩みを持つ者はそれなりにいて、それはとても参考になったが、検索するときわどい画像や情報も同時に飛び込んできて、智基はそれに顔を赤らめた。

性的なことにも、一応人並みに興味はある。友達でも、エロ話をあけすけに言うタイプはいる。けれど、話に聞く男女のセックスよりはるかに生々しい同性の画像に智基は戸惑《とまど》い、そしてそこに無意識に奏人の姿を重ね合わせている自分を恥じた。

奏人の胸元や脚が露《あら》わになる。官能的に喘《あえ》ぐ姿が脳裏に浮かんで血が沸騰《ふっとう》してしまう。

――駄目だ。

見ないようにしよう、と検索はすぐやめにした。雑念を振り払うために部活に精根を込めた。けれど、家に帰って奏人の姿を見た瞬間に、そんな努力が水の泡《あわ》になって消える。

「あ、おかえり」

奏人が玄関に迎えに出てくれる。目が合った瞬間に心臓が高鳴って、智基は靴をしまうふりをしながら屈《かが》んで目を逸《そ》らした。

「…ただいま」

「遅かったね、お腹空いただろ？　そうめん茹でるからさ、着替えてきなよ」

「いいですよ。下準備できてるんで俺がやります」

剣道具を立てかけながらあさっての方向を向いて話すが、声を聞くと甘い気持ちが胸に広がって、辛いのだか幸せなのだかわからない。智基は赤くなる顔を見られないように急ぎ足で階段へ向かう。

「冷蔵庫から緑の保存バットを出しておいてください。肉に下味を付けてあるから、あとは焼くだけなんです」

「わかった！」

奏人は何も気付いていない。逃げるように自室に上がりながら、ひやひやした緊張感と罪悪感で、無理やり自分の感情を閉じ込める。

奏人が好きだ、姿を見ていたい。けれど、その〝好き〟は急速に増幅しつつあって、もっと強い衝動に進みつつある。智基はそれに苦悩して、額に拳《こぶし》を当てた。

「…………」

もっと近くに行きたい。奏人に触れたい……。その感情の先に、映像で見たのと同じ生々しい欲望の片鱗《へんりん》を見つけてしまい、自分で自分を責めた。

——考えちゃいけない…。

仮にも叔父に、あんなに自分のことを大事にしてくれる人に、なんて淫《みだ》らで失礼なことを考えてしまうのだろう。家族を肉欲絡みの目で見るなんて最低だ。そう思うのにあられもなく悶《もだ》える奏人の姿が勝手に頭に浮かび、智基はベッドの端に座り込んで頭を抱えた。

——駄目だ。絶対に駄目だ…。

どうしてそんなことを考えるんだ、と自分を叱責《しっせき》する。

そもそも、それが異性でも同性でも、肉欲に溺《おぼ》れてよい年齢ではない。自分は学生で、本分は学業と武道だ。そうした淫らなことに興味を持ち過ぎるのはよくない。

もっと剣道に邁進《まいしん》するべきだ、と智基は結論付けた。余計なことを何も考えられないくらい、稽古《けいこ》に励まなければならない。

——精神がたるんでるんだ。

だから、こんな不埒《ふらち》なことを考えてしまう。無理にでもそう答えを出し、明日からは稽古量を増やそうと心に決めた。

自主的な朝練をしよう。部活が終わってからも、残って稽古をしよう。

そうすれば、奏人のことを思い出さずにいられるかもしれない。そう決意して、夕食の支度をしに行った。


夏休みの部活は、本当は三週間しか練習日がない。だが、智基はそのすべてに前稽古と居残り稽古を入れ、そして部活のない日は〝自主トレ〟としてひとりで体育館の裏で素振りをしていた。

陽射しから逃げようがなく、汗は滝のように流れ、面を付けずに素振りをしているので、日焼けで見る間に腕や顔が黒くなった。

一時間やって、水道の水を浴びるように飲み、日陰で休んでまた始める。腕が限界になって学校の周りをランニングしていたら、顧問に見つかって心配された。けれど、智基は剣道の上達を目指したいのだと言い張って見逃してもらった。

とにかく、疲れて何も考えられなくなるまで体力を使い切りたかった。くたくたで、食事も要らないと思えるくらいまで消耗させておきたい。そうやってトレーニングをすればするほど基礎体力が付いてしまい、走っても素振りをしてもスタミナがもってしまうのは皮肉だったが、それでも智基はとっぷり日が暮れるまで身体を酷使した。

体育館を使える正規の練習日になると、真っ黒に日焼けした智基に部活仲間は驚いている。心配もされたが、ずっと大会向けに鍛《きた》えているとだけ説明した。

「すげーな」

友達は目を丸くしたが、智基は返事ができない。これだけ剣道に力を注ぎ込んでも、奏人への感情が消せないのだ。

どれほど打ち込んでも雑念が消えない。風呂に入ったまま眠ってしまうほど身体が疲れているのに、明け方に見るのは奏人の夢だ。

「………」

少しも心が楽にならなかった。

奏人は去年よりずっと多くなった練習時間のことを心配してくれている。買い物も代わりに行くと申し出てくれて、家事の負担を少しでも減らそうと、掃除と洗濯はいくら言っても自分のいない昼間にやってくれている。そして、どんな時間に帰っても、心配そうに玄関に迎えに出てくれた。

おかえり、お疲れさま…と微笑んでくれる姿に切なくなる。

好きな人が、こんなに心配して迎えてくれるのに、その顔を直視できない。

もっと話したいのに、姿を見ていたいのに、逃げるように風呂や部屋に急がなければならない自分が辛い。そのくせ、一日のうちでわずかに見られる奏人の姿をじっと目で追ってしまって、その姿がいつまでも脳裏に焼き付く。

ふわりと揺れる髪、線の細い背中、白いうなじ…盗み見る奏人の姿は、心臓が引き絞られるほど恋しい。

ただただ辛くて、稽古に逃げても解決しない状態に智基は苦しんだ。

一日一日を這《は》うようにして乗り越え、新学期が始まるのを、こんなに心待ちにしたことはなかった。

九月になるのを待ちわびて、部活に学業を上乗せし、帰宅時間をもっと遅くした。

図書館や友達の家で勉強させてもらい、帰宅は九時過ぎだ。食生活が雑になって、奏人の体調が心配だったが、家に居る時間を減らさないと、自分が保てなかった。

奏人を見ているのが辛い。告白したくなる衝動を抑えるのが苦しい。こんな気持ちを言えるわけがないと思うのに、恋しさが募《つの》って自分でもどうにもならなかった。

——地方の大学を受けよう…。

そして来年、この家を出よう。それが智基の目標になった。京大《きょうだい》か阪大《はんだい》、とにかく東京からは通えない大学を目指せば、それを理由にここを出られる。奏人と離れる以外に、この苦しさから逃げられる道はない…そう思った。

過酷な自主トレのせいか、頬が削《そ》げたと担任も顧問も心配する。けれど、剣道と勉強にのめり込むことが、唯一の逃げ道だった。

誰にも言えない苦しさを閉じ込め、薄氷を踏むような気持ちで一日一日をやり過ごし、いつ季節が過ぎたのかもわからないまま、カレンダーは十一月になっていた。


空気が冷たくて、星がちらちらと瞬いている。

奏人の家は三鷹天文台が近くて、そのせいか周囲は都心部よりずっと暗く、星がきれいに見える。

智基は部活を終え、剣道袋と鞄を自転車の前かごに載せて走り、家に着いてキッとブレーキの音を立てた。がらりと玄関扉を開けると、奏人のおかえりと言う声が聞こえたが、いつも通り俯いて靴を脱ぎ、顔は見ない。

「ただいま…」

「鍋できてるよ」

そう言われれば、廊下にもいい出汁《だし》の匂いが広がっているのがわかる。智基は、食事は要らないと言おうと思っていたのに思わず顔を上げた。

「奏人さんが作ったんですか？」

驚くと、奏人は苦笑する。

「ひどいなあ。そんなに驚かなくたって、鍋くらいはさすがに作れるよ」

いつも智基が作ってくれるから、なんとなく覚えた、と言われて、促《うなが》されるままに居間に入った。

「……」

冬支度ができていた。

障子を閉め切った六畳間には、ふかふかしたオレンジ色のホットカーペットが敷かれ、同色系のこたつ掛けにオフホワイトの毛糸編み風カバーが掛かっている。

しゅんしゅんとやかんが湯気を上げるストーブ、こたつの上でぐつぐついい匂いをさせている鍋。ふたり分用意された茶碗《ちゃわん》と箸《はし》、山盛りの蜜柑…。

「……冬支度、手伝ったのに」

「智基は部活大変な時期だし、今年は気温が下がるのが早かったからさ」

寒かっただろ？　と労られ、さりげなく座るように促されながら、智基は鼻の奥がつんとなった。

自分のために用意された暖かい部屋。そのために奏人がひとりで頑張ったのかと思うと、胸が詰まる。

「お腹空いただろ？　はい」

小鉢とお玉が渡された。奏人は炊飯器からご飯をよそってくれる。

湯気が妙に染みて、目が潤《うる》む。智基は泣きそうになるのを誤魔化《ごまか》して笑った。

「奏人さん、この白菜《はくさい》繋がってますよ」

お玉ですくった白菜は、びろんと横に長く、鶏肉《とりにく》も皮で繋がっていて数珠《じゅず》繋ぎに付いてくる。それを見て、奏人が恥ずかしそうに慌てた。

「あれ、おかしいな。ちゃんと切ったんだけど」

笑う姿が可愛くて、久々に奏人をちゃんと見ると、何本もの指にばんそうこうが貼ってある。思わず心配して尋ねると、奏人は照れ笑いした。

「気を付けたんだけどね。ちょっと野菜を切る時に…」

「……」

味は市販の鍋つゆパックを使っているから大丈夫だ、と奏人はヘンな風に自慢し、本当に久しぶりにふたりで夕食を食べた。

夏から、食事を一緒にしたのは数えるほどだ。朝早くに食事を用意して冷蔵庫に入れておき、時間を無理にずらした。夕食も外で取って、ひたすら顔を合わせないようにしていたのだ。朝、奏人が見送ってくれる時でさえ、なるだけ顔を見ないようにしていた。

久しぶりに向き合う奏人はやはりやわらかくてふんわりとした笑顔を浮かべている。その顔をずっと見ていたくて、智基は胸が詰まる想いを押し隠してそっと目を向ける。

——奏人さん……。

苦しい想いは変わらない。けれど、奏人を見つめることができて、会話ができることは幸福だった。

ずっとこうしていたい、と智基は思った。たとえこの気持ちが決して打ち明けられないものだとしても、それでも傍に居たい。

ここから逃げて地方の大学に行けば、奏人には会えなくなる。苦しさは薄まるかもしれないけれど、その代わり、二度とこんな幸福な時間が持てなくなるかもしれない。

辛くてもいい、それでも奏人と一緒に暮らしたい。

奏人と笑って話をしながら、智基は心の中でそっと自分の感情に結論を出した。

どんなに辛いことも、奏人を失うよりはずっとましだ。

この恋の痛みは続くだろう。同性として、肉親として、奏人にこんな気持ちを知られるわけにはいかない。隠し続けるしかないのだ。それでも、奏人を見ていられるなら、それでいい。

それで幸せだと、心からそう思える。

苦しかった夏が、遠い昔のように思えた。

やがてふたりで腹いっぱいになるまで鍋を食べたあと、甘い蜜柑を食べながらだらだらとテレビを見ていたら、いつの間にか奏人がこたつに寝転がったまま眠ってしまっていた。

時計は十二時を過ぎていた。

「奏人さん、風邪ひきますよ」

「……」

ホットカーペットに頬をくっつけたまま、奏人は寝息を立てていて返事もない。

智基は苦笑して、こたつ掛けの端を肩までかぶせてやった。

暖かな部屋で、奏人の白い頬がほんのり上気して見える。

——奏人さん……。

眠っている奏人を、しばらく独占して眺めた。触れたい衝動はまだ強く胸の中にあるけれど、それよりも奏人と話ができたことが心を満たしている。

真夏の暑さのように苦しかった想いが、ゆっくりと穏やかに心の中にしまえた気がした。

この人の傍に居よう。たとえ、生涯想いが叶《かな》うことがなくても、こんな風に誰かを好きになれたことが幸せだと思う。

「…お休みなさい」

奏人の寝顔に微笑みかけて、智基はそっと台所に鍋や食器を片付けに行った。

◆◆◆

あれから、四年経った。

苦しかった恋は、時がゆっくりと形を変えてくれて、穏やかで幸せな時間になった。それでも、こんな風に恋が成就《じょうじゅ》するとは思っていなかった。

一生、傍に居るだけで叶うことのない想いだと思っていた。そう思うと、こうして抱き合ったり一緒に眠ったりできるなんて、今のほうが夢なんじゃないかと思う。

「……」

奏人はまだ夢の中だ。窓の外はもうほんのりと明るくなってきている。

――もうすぐ六時だ。

この時間になると思い出す。今は終わってしまった習慣だけれど、高校時代までは目覚ましの鳴る時間だった。

お手製の時計のベルが鳴って、奏人が走ってくる。

胸がきゅんとする、幸せな瞬間。

おはよう、と向けられる笑顔を思い出し、智基はもう一度奏人を布団ごと抱きしめて目を閉じた。

みずいろの馬車の
オルゴール

奏人《かなと》は肩を包む筋肉質な腕の重みで目を覚ました。ぬくぬくと温かくて、目を開けると朝のやわらかな光の中で、智基《ともき》が見つめている。

「お、おはよう」

きりっと整った目元が少し眩《まぶ》しそうに眇《すが》められて、甘い視線にドキドキした。

「おはようございます」

自分よりずっとがっしりとした〝甥《おい》っ子〟は、こんな寝起きでも礼儀正しい。布団ごと抱きしめられて額にキスされる。

――わ…。

引き寄せられた胸元が温かくて、体温が上昇していく。抱きしめ返すと布団の上にあった智基の腕が滑りこんできて、パジャマ越しに背中や腰をなぞられた。

冬の朝は寒くて、特に建てつけの悪い二階は冷える。狭いベッドにふたりしてくっ付き合って、いつまでも互いにハグしていると、温かくて余計布団から出られない。

智基の高い体温を感じながらクスクス笑う。

「温かくて起きれないね」

「休みなんだからいいんですよ。寝てましょう」

額のあちこちに優しく口づけながら、智基が心地よい低い声で言う。

恋を告白し合ってから、ふたりとも年中こんなことをしている。智基はまるでぬいぐるみを抱きし

めるように、奏人を抱えているのが好きらしい。セックスだけでなく、こうして起きがけや寝しなに、身体を抱え込んでくる。奏人も、そんな風に体温を感じているのが好きだった。だから、狭いベッドでいつまでもゴロゴロしていることが多い。

勤勉と規則正しさの見本だったのに、智基は朝寝坊するようになった。

「…？　なんですか？」

変貌《へんぼう》ぶりに思わず忍び笑いすると、智基が顔を覗《のぞ》き込んでくる。

武道派らしい端正《たんせい》で涼やかな顔立ち、礼儀正しく整った顔を見ていると見慣れているのに妙にドキドキして、奏人は頬《ほお》を赤らめた。

「ううん、智基は、こうしてくっ付いてるの好きだなって思って」

「奏人さんは、嫌《いや》ですか？」

まさか、と笑って喉元に頬を寄せると、智基の手が愛《いと》おしそうに肩甲骨《けんこうこつ》から背中を撫《な》で、頬や耳朶《じだ》にキスが落ちた。

「奏人さんに触れていたいんです」

「僕もだよ」

口にしたとたん、気恥ずかしくて照れるが、幸せでならない。

引き締まった筋肉をパジャマ越しに撫で、骨太の腰のあたりに手を置くと、刺激されたように智基がごろりと向きを変え覆いかぶさってきた。

「ちょっと、智基…」

重いよ、と笑うと余計のしかかってきて、まるで大型犬にじゃれ付かれるみたいに頬や喉にキスの雨が降った。

「わ…くすぐったいから、やめ、こら、智基…」

止めると智基は面白がってもっと甘えてくる。奏人も楽しくて、反撃するように胸を押してベッドに転がし、智基の上に乗り上げて鼻をつまんだ。

「わ…っぷ、反則ですよ」

「えへへ…お、わ…」

勝った、と笑うと智基がさらに面白がって奏人を抱き込んではゴロゴロと反転する。しばらくは、互いに相手の喉をくすぐったり足技《あしわざ》をかけたりして上のポジションを取り合ってじゃれた。

奏人も非力ながら、智基の胸元に頭を突っ込んで頭突きで押し返す。智基は加減してくれているのだろうが、プロレスごっこをしているようで、ふたりとも楽しくてやめられない。そのうち半分起き上がって枕を盾《たて》にして智基に突進する。

「奏人さん、武器は反則…っ」

「問答無用、隙《すき》あり！」

「危ない！」

どん、と智基の上に乗り上げた時、がくんとベッドの左端が沈んで、マットレスが斜めになった。

とっさに智基が抱きかかえてくれる。

「……壊しちゃったかな」

ベッド枠の内側に沈んだ左端のマットレスをふたりで見る。そっとベッドから下りて、智基がマットレスを上げると、予想通りすのこを支えていた横木が折れていた。

「…大の男がふたりでどすんどすんやったら、折れるよな」

「すみません」

「いや、最初に攻撃したのは僕だし…」

ヘッドボードのない木製フレームのシンプルなベッド。買ってもらったのは小学生の時だから、二十年くらいは使っている。

「もうそろそろ寿命だったんだろうな」

いい機会だと思う。修理すれば使えるだろうけれど、いつまでも子供時代のベッドというのも、なんだか恥ずかしい。

奏人は思いついて、一緒にしゃがみ込んでいる智基を見た。

「新しいのを買おうか。ダブルベッドで」

「え…」

ダブルベッド、というのは面映《おもは》ゆい響きだ。けれど、体格のよい智基をいつまでも狭いベッドに押し込めるのは、可哀相《かわいそう》だという気もしていたのだ。

「智基はさ、一緒に寝るの、好きだろ？」

ちゃんと自分の部屋があるのに、智基は抱き合ったあとも一緒に寝たがる。狭くて寝返りも打てないのに、自分のベッドには帰りたがらないのだ。

「どうせいつも一緒に寝るなら、ちゃんとふたり用のほうがいいと思うんだ」

笑うと、智基がまごついた顔をする。

「あれ？　嫌？」

「いえ…でも、本当にいいんですか？」

智基が遠慮がちに言う。ちょっと赤くなった頬が可愛《かわい》い。

「俺は嬉《うれ》しいんですけど…奏人さんに迷惑じゃないかって」

「いまさら、何言ってんの。毎日一緒に寝てるじゃないか」

笑うと、智基の腕が伸びてきて抱きしめられ、うなじに顔を埋められた。温かくて心地よくて、寄りかかると余計抱きしめられる。

「俺は、小さい頃からずっとひとりで寝てたから、こうして誰かとくっ付いて寝るのがすごく新鮮で、気持ちよくて…でも、奏人さんには暑苦しいんじゃないかなと本当はちょっと心配だったんです」

言いながら奏人はぽんぽんと智基の背中を叩《たた》く。

「嫌だったらちゃんと断ってるよ。むしろね、僕は寝相《ねぞう》悪いから、このベッドだと智基が大変なんじゃないかって心配してたんだ」

ちょうどよかったよ、買い替えよう、と言うと智基が嬉しそうに頬摺《ず》りしてきた。

「毎日、一緒ですね」

もうずっと毎日一緒にいるのに、智基の嬉しそうな声が胸に響いた。

幸せな暮らしだと思う。好きな人がいて、その人と一緒に眠って、起きて、たくさんの時間を共有していけるのだ。

その相手が智基だったことを、心から感謝したいと思う。

「でも、ダブルベッドって、この部屋に入るでしょうか」

智基が現実的な心配をした。

「…あ、そういえばそうだね」

この部屋はもともと納戸《なんど》として使っていた部屋で、智基の部屋が本来の子供部屋だ。智基を引き取った時に部屋を大急ぎで空《あ》けたから、狭い四畳半にタンスやら机やらが押し込められている。ここにダブルベッドを置いたら歩けなくなるだろう。

「測ってみましょうか」

智基はさっと自分の部屋からメジャーを持ってきて、きちんと計測し始めた。紙に書き込みながら悩んでいる。

「そもそも、ダブルベッドってどのくらいのサイズなんだろう」

それがわからないと、入るかどうかわからない。

「…見に行こうか」

幸い今日は土曜日だ。智基も大学は休みだし、奏人も差し迫った締切りはなかった。

「横浜《よこはま》のインテリアショップに行こうよ」

北欧系の大型店で、家具からリネン類、食品までなんでも売っている。安価でシンプルなデザインが揃《そろ》っているから、きっと気に入ったものを選べるだろう。

智基が端正な唇を品よく引き上げて微笑《ほほえ》む。

「いいですね。じゃあ、急いで朝食を作ります」

「うん！　手伝うよ」

ふたりで着替え、ベーグルサンドとカフェオレの朝食を終えて、港北《こうほく》へと向かった。


新横浜の駅から専用のバスで行く大型店は、二階建てで、中に入ると家族連れやカップル、友達同士と様々な客で賑《にぎ》わっていた。二階に上がると、アジアンテイスト、ヨーロピアン、カラフル、モノクロ…とテイストやカラーに合わせてリビングや寝室が展示されていて、目移りしそうだ。

「…広いねえ」

モデルルームのような部屋に商品がディスプレイされているのを、ひとつひとつ中に入って見ていると、全体でどのくらい広さがあるのかわからない。

「奏人さん、あそこにベッドがいっぱいありますよ」

「あ、ほんとだ」

モデルルームの反対側に、商品が単体でバリエーション豊かに並んでいる。リビングソファがたくさん並んだ隣に、大小様々なベッドが展示されていた。

白いデコラティブなお姫様系ベッド。カントリー調のもの、黒地に金模様のゴージャスなベッド、たくさんあって迷う。

「…ダブルサイズって、このくらいか」

「こっちのほうがマットが堅くて丈夫そうですよ」

「あーほんとだ。でもさ、あっちのはヘッドボードがおしゃれだよね」

「そうですね、でも部屋に入るかな」

新しい家具を買うなんて久しぶりで、なんだかワクワクする。でも、これなら男ふたりでもゆったりと眠れるんじゃないだろうか、と畳三畳分くらいありそうなベッドに付いたタグを見て、奏人はふと周囲を見渡した。いるのは男女のカップルと子供連ればかりだ。

「…」

智基も、同時に同じことを思ったらしかった。

このタグを持って、男ふたりでダブルベッドを買うというのは、かなり恥ずかしい。

走り回る子供たちに囲まれて、奏人は少し頬を赤らめて誤魔化《ごまか》す。智基も気恥ずかしそうに言った。

「…通販で、買いましょうか」

「そ、そうだね」

同じものはサイトにある。なんとなく、ふたりでベッド売り場にいるのも恥ずかしく思えてきて、奏人は反対側のほうを指差した。

「ついでだからさ、キッチンとかも見て行こうよ」

「そうですね」

リビングやベッドルームの展示の反対側は、キッチンやダイニングのモデル空間だ。

テーブルや食器棚、照明器具や椅子《いす》も配置されていたが、主役はキッチンカウンターだ。

アイランド型、L字、壁付け型、タイル貼りから木目調《もくめ》、ステンレス、大理石《だいりせき》と形も素材も様々で、どれもおしゃれだ。

ふたりで展示の中に入ってみると、智基はシンクの深さを見たり、内蔵されているグリル機能を見たり、チェックの仕方が具体的だ。素材やデザインばかり見ている自分とは違う。

——やっぱり、もっと今時な台所のほうがいいのかな…。

IHのコンロを真剣に見ている智基を眺《なが》めているとそう思う。

家の流し台は建てた当時のステンレス製だ。白いガス給湯器がシンクの正面を塞《ふさ》いでいるし、ガスレンジは二口しかない。シンクの左側は水切りで埋まっているから、作業はシンクとガスレンジの間の数十センチでしかできない。丈も低く、背のある智基には使いづらいんじゃないかと思う。

「ねえ智基、この際さ、ベッドだけじゃなくて、台所もリフォームする？」

「奏人さん…」

値段表示の桁《けた》を念入りに見てから奏人は提案した。幸いにも、仕事は順調で暮らしには困っていない。贅沢《ぜいたく》はできないが、このくらいなら施工費を別にしても、買えると思う。

けれど、智基はあっさりと笑って流した。

「そんなことしなくていいですよ。今のままで十分です」

「えー、そう？　でも、使いにくいんじゃない？」

「そんなことはないですよ」

台所を一番使うのは智基だ。だから、智基にとっての使い勝手が重要なのだが、本人は変えなくていいとしか言わない。遠慮しているのかと思うと、そうでもないらしい。

「でもさ…」

まだぐだぐだ言うと、智基が大人びた顔をして諭《さと》す。

「俺はＩＨよりガス火派です。やはり火での加熱のほうが美味《おい》しいんですよ」

「…そういうものなんだ」

素材への熱の通り方だの、味の違いを説明されると奏人は頷《うなず》かざるを得なかった。森《もり》家の台所の主がそう言うのだ、反論できない。

あとはなんとなく適当に流して見ながらフードコートに立ち寄り、名物のミートボールを食べてから店をあとにした。

◆◆◆

森家の食生活は、だいたいリズムが決まっている。

平日の朝食はパンかシリアルが多い。昼食はそれぞれ取るが、冷凍庫には電子レンジで解凍温めするだけのおにぎりが常にストックされている。夕食はもう少し手が込んでいるけれど、やはり落ち着いて食べられるせいか、休日の晩ご飯がもっとも豪華だ。

なんの予定もない時は、居間に運んでテレビを見ながらゆっくり食べ、そのあといつまでもだらだらしているのがふたりのお気に入りのスタイルだった。智基が二十歳《はたち》を過ぎてからは、たまにアルコールも追加される。

すき焼きやホットプレートを使った焼肉、お好み焼き、夏場は茹《ゆ》でたとうもろこしや冷奴《ひややっこ》とビールだけで終えてしまう夕食とか、男所帯《じょたい》ならではの気ままなメニューが楽しいのだが、中でも冬場の鍋《なべ》は、楽しみな献立《こんだて》だ。

味はその日の気分で。冷蔵庫の在庫調整をしながら蟹《かに》や鱈《たら》、鶏《とり》や豚《ぶた》バラなど、メインを買い足して鍋を作る。温かくてお腹いっぱいになり、さらに翌朝にはおじやうどんで二度楽しめるのが高ポイントだ。

帰りにノルウェーサーモンを買った。今晩は石狩鍋《いしかり》ということになる。

白いタートルネックにデニム姿の智基が、生成《きな》りの帆布地《はんぷじ》でできたエプロンをしていた。

「奏人さん、いいですよ。こっちはやっておきますから」

「いいよ、手伝う」

だいたいいつも食器を並べるとか、居間に運ぶとかしかしていない。あとは、具材の入った鍋の前で、煮えるのを見守る係だ。けれど、奏人は自分も野菜を切る気で手を洗った。

智基が苦笑している。

「どうしたんですか？」

「ここは僕がやるからさ、智基は、鍋つゆ作りなよ」

「…そうですか」

まな板と包丁の前のポジションを取ると、智基は面白そうな顔をして冷蔵庫から酒粕《さけかす》を取り出す。笑っているけれど〝大丈夫かな〟という視線を感じるので、奏人は余計張り切って白菜《はくさい》を四つに切った。

自宅に戻ってみると、森家の台所はとても狭かった。

四畳くらいしかない台所にテーブルと椅子があり、食器棚はふたつ。そのうちのひとつは食材ストック用も兼ねていて、棚の上は電子レンジやトースター、インスタントコーヒーの瓶《びん》などがところ狭しと載っかっている。

シンクとガスレンジで窓側はいっぱいいっぱい。あとから大型に買い替えた冷蔵庫がガスレンジから少し間を空けて置いてあるので、炒《いた》めたり煮たりする時は、冷蔵庫とレンジの間に智基が挟《はさ》まるように入っている。

——とても、あんな大きなシステムキッチンは入らないよな。

智基は、冷静にサイズも見ていた。多分、ガス火がどうのこうのというより、この台所におしゃれなシステムキッチンは無理だとわかっていたのだと思う。ガスレンジのタイプもあったけれど、智基はそれに触れなかった。

——かといって、まるごと台所をリフォームするほどの予算はないしな。

できれば、料理に凝《こ》る智基が楽しく使える台所にしてあげたいが、そこまでの甲斐性《かいしょう》がない。奏人は、その分自分が手伝うことで少しでも智基の家事労力を減らそうと思った。

——だって、そのくらいしかしてあげられないからさ…。

智基のために何かしてあげたい。智基の喜ぶ顔が見たい。

シンクを替えようと思いついたのも、ダブルベッドを買おうと思ったのも、動機はみな智基のためだ。

一緒に暮らし始めた時から、智基のことはちゃんと気にかけていたけれど、それでも、智基が人とくっ付きたがって眠るタイプだと知ったのはつい最近だ。それ以前に、自分のことを肉親以上の気持ちで見ていたことすら知らなかった。

――まだまだ全然、智基のことをわかってないんだ。

智基の知らなかった一面を見るたびに愛おしさが大きくなっていく。甥っ子として可愛いと思っていたのとはまた違う、恋人としての魅力だ。

もっと智基の内面を知りたい。智基が心から笑って、喜んで暮らしていけるようにしてあげたいと思う。だから、何をしたら喜んでくれるだろうといつも考えてしまう。

そう思いながら、比較的力の要らない葉物野菜を切ってザルに入れ、根菜類《こんさい》に手を出した。人参《にんじん》の皮をピーラーで剝《む》こうとしたら、勢いが付き過ぎて左手の親指が切れてしまった。

「…痛っ」

「大丈夫ですか！」

声を上げた瞬間に智基がばっと近寄ってくる。

「あ、大丈夫」

鋭い剃刀《かみそり》で付けた傷みたいに親指の先端がざくっと切れ、みるみる赤い血が盛り上がってくる。智基が眉根《まゆね》を寄せて心配そうな顔をするので、奏人は笑ってみせた。

「……やっちゃった。駄目だね、そそっかしくて」

智基は親指の第一関節の下を押さえて、出血を止めてくれる。

「手当てしましょう。こっちへ」

居間に連れていかれ、血管を圧迫する位置を教えてもらって指で押さえていると、智基が救急箱を

開けて、ばんそうこうを出してくれた。消毒液を右手に持っていたが、急に顔を近づけてきて奏人の指を咥《くわ》えた。

「わ…」

生々しい舌の感触にどきりとする。智基はいたずらめいた笑みを見せてすぐ口を離し、消毒液を付けてばんそうこうを巻いてくれる。

「……」

随分前から智基のほうが背が高かったし、年齢以上に落ち着いていた。けれど、今見ると以前よりずっと大人の男になった気がした。

心地よく響く低い声で、穏《おだ》やかに言う。

「奏人さんがこんなことをしなくていいんですよ」

「智基…」

智基は丁寧に手当てをし、ばんそうこうを貼った指を撫でた。

「手を使う仕事なんですから、怪我《けが》をしたら作品が作れなくなってしまう」

いつの間にか、居間と台所を分ける柱に背中を押しつけられるように追い込まれていた。

「自分の身体《からだ》を大事にしてくださいね。そのために、俺が家事を引き受けたんですから」

「でも…でもさ、なんだか、申しわけないんだよ。いろいろやってもらってるのに、こんな古めかしい台所でさ」

「奏人さん」

「だから、せめて買い替えられないなら、智基が料理しやすいように、僕が手伝えばもっと智基が楽になるかなと思って……」

武道派で、学業も優秀で、誠実を絵に描いたようなイケメンが端正な微笑みを浮かべた。

「台所のリフォームは、俺が就職したらちゃんとやります」

「え…」

智基の目が甘く見つめてくる。

「その時は、ちゃんと奏人さんのアトリエも改築しましょう」

「そんな…」

いいよ、と笑って誤魔化したが、智基の目は本気だ。真《ま》っ直《す》ぐに見つめてくる。

「貴方を支えていきたいと思ったのは本当なんです。教員免許も取得しましたが、就職先は市役所を狙《ねら》ってます」

「え…」

意外な進路に奏人は驚いたが、智基はこともなげに言う。

「市役所なら、転勤がないですから」

「で、でも、智基は学校の先生になりたいんじゃないのか?」

「教育に携《たずさ》わりたいとは思いますが、それは行政機関に入ってもできます」

「……」

「決して、自分のやりたいことを捨ててというわけではないんです。希望する仕事を選んだ上で、奏人さんと一緒に暮らしていける職場を検討して出した答えが市役所なんです」

ゆっくりと柱に頭が押し付けられ、額に唇が落ちた。

「だから、奏人さんは無理をしないでください」

――智基…。

一緒に暮らしていきたい…それが気持ちだけでなく明確なプランになっていることに心の中が熱くなる。同時に現実的に考えている智基を見ながら、奏人は自分がどれだけその気持ちに応《こた》えられているかと思った。

思いついたのなんて、食事の手伝いくらいだ。そう思うと、智基がとても大人に思える。

――僕のほうがずっと年上なのにな。

せめてこの気持ちに、何かの形で応えたい…。甘い感覚に溺《おぼ》れながら、奏人は智基のために何ができるかを考えた。

◆◆◆

――何をすればいいだろう……。

夜半《やはん》、奏人はアトリエで蒼《あお》い星空のようなハーキマークォーツを手にしたまま、ずっと考え込んでいた。

智基が、自分と暮らし続けるために就職先まで決めていたとは知らなかった。

恋人同士になる前は、智基はいつか女性と結婚して家族を持つのだろうと思っていたから、彼の両親が残したマンションは売らずに賃貸に出したのだ。

けれど、智基はこの家でずっと暮らしていくつもりでいてくれた。

その気持ちと覚悟に、自分はどうやって応えたらいいのかと奏人は悩む。

——きっと、智基は何も望まないだろうけど…。

けれど、智基が決意してくれている何分の一かでもいい、ちゃんと何かの形で示したい。

智基が女性だったら、結婚指輪のようなものを渡せばいいのだろうと思う。

愛情を形にするのだ。けれど、自分たちは同性だから、そういう機会は法的にも形式的にもない。

——同性婚も、できるところが増えてきたけどさ。

けれど、もっと自分らしい何かがしたいと奏人は思った。

智基は、高価な宝石の指輪や法的な拘束などを望まないだろう。欲しいのは気持ちで、それが見える形であれば喜ぶだろうけれど、きっと金銭的な価値を求めてはいない。

「かたち…」

ふと棚に目をやると、今はもうベルを鳴らすことのない目覚まし時計が秒針を進めている。

毎朝、智基を見送るために鳴らしていた目覚まし時計。

――そういえば、智基に何か作ってあげたことって、ないんだ。

時計は確かに智基のためのものだったけれど、自分が起きるために作った。智基があんなに作品を評価してくれているのに、彼のための作品を作ったことがないことに気付く。

「……そうか」

智基のためのオブジェを作ろう、と思いつく。

世界でたったひとつの、智基のためだけの作品。他の誰にも作らないオブジェを、指輪の代わりに贈ろうと思いつくと、気持ちが高揚《こうよう》する。

「何がいいかな……」

目覚まし時計のように、贈るものは販売するものとはまったく違うものにしたい。

奏人が主に製作しているのは、小さな半球形のドームに入ったオブジェだ。最近、ぜんまい仕掛けにもはまり出して、ドームの土台部分を厚くし、下にぜんまいを組み合わせ、鉱石や人形が動く仕掛けを作っている。けれど、それだけでは嫌だ。

――もっと、智基のためだけの〝特別〟がいいな。

紫と黄色の混じった透明なアメトリンを机の上で転がし、奏人は音を入れようと思いついた。

――そうだ。オルゴール…。

土台のぜんまいと連動してオルゴールが鳴る。一緒にドームの中のオブジェが動いたら、可愛いだろう。おとぎ話に出てくるような、青と金でできたメリーゴーランドが回る様子が脳裏《のうり》に浮かんで、奏人は胸を躍《おど》らせた。

宝石のように美しい、可憐《かれん》で澄んだ音色《ねいろ》のオルゴールを作りたい。

——オルゴールって、どうやって作るんだろう。

思いつくとすぐに作ってみたくて、奏人はパソコンを立ち上げ、さっそくオルゴールの作り方を探し始めた。

オルゴールの作り方は、思ったより情報が少なかった。

初心者でも作れる教室はいくつもあったが、ほとんどが出来合いのシリンダーを箱に組み込むだけで、自分で曲を刻むわけではない。

けれど、奏人はすべて自分で作らないと気が済まなくて、結局シリンダーからオリジナルを作っているという神戸《こうべ》の工房へと出向いた。

智基には何も説明していない。

——内緒で作らないと、意味ないからね。

石や鋼材の買い付けで遠出することはたまにある。普段は行動力ゼロだが、製作に関することであれば、どこまででもパワーを出せる。材料のために、とだけ言って家を出た。

六甲山《ろっこうさん》にあるその工房へは、ケーブルとバスを乗り継いで行く。オルゴールミュージアムの中にあるのだが、ミュージアム自体は山の中にあるヨーロッパのおとぎ話に出てくる建物のような佇《たたず》まいだ。

奏人は、オルゴールにはあまり詳しくなく、市販品を触ったことがある程度だ。まずはオルゴールそのものをちゃんと見たいと思って、女性客で賑わっているミュージアムを覗いた。

――わあ、きれいだなあ。

一九世紀後半から作られていたという自動演奏のオルゴールや、レコードのような形をしたディスクオルゴール、手回し型や曲とともに人形が動くタイプなど、形も様々だし、音の幅や音域の広さもそれぞれ違う。

工房を見学させてもらうと、十九世紀の職人と同じ作り方をしているというシリンダーの打ち込みが見られた。

オルゴールは、筒状の〝シリンダー〟と呼ばれる部分に曲が刻まれている。これがぜんまいで回転し、櫛歯《くしば》を弾《はじ》いて音を奏でるのだ。

工房では、職人が台に固定したシリンダーに小さな穴を打っている。音符《おんぷ》に沿って位置を決め、その場所にピンを植えていた。

――難しそうだな。

職人がやることを、素人がいきなり真似《まね》しても、いいレベルの音は出せない。それはわかっているが、奏人は一から勉強してでも自分で作りたかった。

智基のための曲を刻みたいのだ。

じっといつまでも眺めていると、ふいに隣に人が来て話しかけてきた。

「熱心ですね。オルゴールがお好きなんですか？」

「はい。にわかなんですけど、作ってみたくて」

「ほう…」

振り向きもせずに答えたあと、艶《つや》のある声音《こわね》に思わず顔を上げると、右隣に長身で細身の男性が立っていた。

白いシャツの襟《えり》が首元をきれいに見せている。身体にぴったりと沿う濃紺のカシミヤセーターを着て、黒っぽい細身のパンツ、黒髪はやや長めで、印象はアーティストっぽい。誰だろうと思っていると、相手はにっこりと奏人に笑みを向けてきた。

「失礼、おひとりでずっと見ていたから、気になってしまって」

——随分、きれいな顔の人だな。

陶器《とうき》のようになめらかな肌で、艶やかで形のよい唇も、甘い王子様系の目元も、本当にヨーロッパの人形のように優美で、そういえば心なしか話し方もゆったりとして品がよい。

ぽかんと見ていると、相手が笑って手を差し出した。

「木実里柊羽《きみさとしゅう》と言います。オルゴールを作っています。製作の教室もやっているんですよ」

「え、本当ですか！」

奏人は驚いて手を止めたが、木実里はすんなりと伸ばして握手する。

「ええ、教室は東京《とうきょう》ですが」

「あ、僕、東京から来てるんです。あの、その教室って、シリンダーからすべて自作できますか？」

「もちろんです」

木実里はまるでヨーロッパの貴族のように優雅に微笑んだ。

「もしかして、オリジナルを作りたいのかなと思ったので、声をかけさせてもらったんですが、勘が当たりましたね」

木実里の笑みに奏人もつられる。

「すごい、ありがたい勘です。神戸まで通わなきゃいけないかと思ってたので…」

木実里は、東京の自宅にアトリエを持っていて、この工房には友人がいるのだと言った。

名刺《めいし》を差し出されて受け取ると、美大の講師だった。

「本業はこちらのつもりなんですが、まあ、講師のほうが通りがいいので」

「あ、すみません。僕、今日は名刺を持ってきてなくて」

少し気後《きおく》れしながら自己紹介する。

「森奏人と言います。鉱物オブジェを作ってます」

「ああ、やっぱり…クリエイティブ系の方でしたか」

「いえ、そんな風に名乗れるほどではないんですけど…」

木実里のような、才色兼備《さいしょくけんび》な感じの相手に言われると思わず照れる。だが木実里はさらりと流してエレガントに誘った。

「少しあちらのカフェで休みませんか。教室のこともお話しできますよ」

「はい、助かります」

学校で教えている人だからだろうか、若そうに見えるのに、落ち着いていて動じない感じがする。

奏人は促されるままに併設されているカフェに行った。

◆◆◆

——木実里さんかあ……。

神戸から帰り、アトリエという名のプレハブで机に頬杖《ほおづえ》を突き、もらった名刺をひらひらとつまんで眺めた。

木実里は不思議な人だと思う。

美大の講師と言っていたが、容姿《ようし》も雰囲気もあまり先生っぽくない。

《オリジナル曲も作れますよ…》

オルゴール作りは木実里の個人的な趣味らしく、教室は一般には公開していないと言われた。学生や知人など、人づてに紹介されて生徒が入ってくるだけらしい。隔週土曜日に木実里の自宅アトリエで二時間ほど開催される。

オリジナルのオルゴールを作って、オブジェに組み込みたいのだと説明すると、木実里は「それは素敵だ」と甘く微笑んだ。ちょうど今週の土曜日が教室の日だから、ぜひ参加を、と誘ってくれた。

親切ないい人だと思う。それに、神戸の工房を眺めに行って、東京でオルゴールを作っている人と知り合えたのは、とても幸運だ。

――思っていたより、早くできるかな。

オルゴール作りを一から学ぶのだから、オブジェが完成するのは何か月も、下手をしたら年単位でかかってしまうかと思っていたが、帰りの新幹線で木実里にいろいろと話を聞くうちに、もっと早く作れるかもしれないという希望が湧《わ》いてきた。

木実里は協力を惜しまないと言ってくれる。いい人に出会えた。

早く理想のオルゴールを作って、智基を喜ばせたい。そう思うと楽しくて、奏人はオブジェのパーツ用の石をあれこれ選び始めた。土台はずっと先になるだろうけれど、メリーゴーランドの部分は、今からでも少しずつ作っていきたい。

――楽しみだな。

金色の光を内包したデンドライト、幸運の石オパール、海のような青さのタンザナイト、アクアマリン、ラピスラズリ、淡い紫のエンジェルシリカ、ストロベリークオーツ、ガーネット、縞《しま》模様が美しいファントムクオーツ。お気に入りの石をありったけ並べて、奏人は美しい空想を描き、いつまでも石を磨《みが》いた。

土曜日、朝食を終えるともう出かける時刻で、奏人は慌《あわ》てて支度をした。前回名刺をもらってしまったので、今回は自分の分も渡さなければと焦《あせ》る。

「あれ、どこだったっけ」

がさがさやっていると、智基がアトリエに来た。

「奏人さん、どこに行くんですか?」

「うん? 麻布十番《あざぶじゅうばん》なんだけど…名刺が見つからなくて」

「右の引き出しの二番目です。駅は大江戸《おおえど》線の麻布十番でいいんですね」

「うん。十時までに着かないといけないんだ…」

言われた引き出しから名刺を取ると、智基はもうスマホで時間を調べてくれている。

「バスはあと二分後だから間に合わないですね。次が十五分後だし…自転車で送りますよ」

「あ、いいよ。頑張って駅まで走る! 自転車借りていい?」

「いいですよ」

智基はさっと玄関のほうに向かって、奏人がもたもた靴を履《は》いている間に、自転車を道路に出して待っていてくれた。今日も、何をしに行くかは内緒にしている。

「ありがと！　じゃあ借りるね。行ってきます！」

行ってらっしゃい、と智基が軽く手を振ってくれる。奏人は慌ててペダルをこぎ、調布《ちょうふ》駅を目指した。

木実里の自宅兼アトリエは港区《みなと》にあった。駅を出て商店街の坂を上がり、元麻布《もとあざぶ》方向に向かうと、小ぶりな民家がなくなっていき、大使館や豪邸、高級マンションばかりという景色になっていく。木実里の家は古くからあるらしい、昭和初期のモダンなデザインの洋館だった。

漆喰《しっくい》の白壁に木目調の飾りがアクセントになっていて、壁に這《は》う蔦《つた》が似合っている。教室の開始時間ぎりぎりにお邪魔すると、すでに生徒は三人ほど来ていた。

一階の、庭側がサンルームになっている洋室に案内される。

「今日は、大学の教え子ばかりです」

「そうなんですか」

十五畳くらいの部屋は深紅のメダリオン柄絨毯《じゅうたん》に深い飴《あめいろ》色の艶を帯びた木梁《きばり》や天井、格子《こうし》窓といったクラシカルな洋室で、猫脚《ねこあし》の丸テーブルにゴブラン織りの布が張られたアンティークな椅子、ガラスの飾り棚もすべて古き良き時代のイギリス風のデザインだった。

「すてきなお家《うち》ですね」

庭に二畳分ほど張り出しているサンルームには大きなストレチアやオリーブ、ベンジャミンの鉢《はち》があって、格子のガラス扉からの光を受けて輝いている。いい空間だなと奏人が感心すると、木実里は品よく微笑む。

「…古いだけですよ。代々住んでいますから」

木実里が三代目なのだと言う。事業家だった祖父が家を建て、両親は音楽家で、ピアニストと作曲家の子供というサラブレッドだ。

「両親はオーストリアに在住していますから、気楽な留守番生活です」

そう言うが、奏人がネットで調べた限りでは、木実里自身も講師としての仕事の傍《かたわ》ら作曲をこなしている。オルゴール作りは、本当に好きが高じて始めた趣味らしい。

部屋で紹介してもらうと、行儀《ぎょうぎ》のよい学生たちはにこやかに頭を下げる。

「今日は、新しい方も入りましたから、少しおさらいの意味も込めてオルゴールのコレクションをご披露《ひろう》しましょう」

学生たちが嬉しそうな顔をする。木実里の家に収集されているオルゴールにはかなり貴重なものもあって、まだ全部見せてもらったことはないのだそうだ。

あらかじめ棚に用意されていたものの他にも、隣の部屋から運ばれてきたりする。そして本当に形も音色も様々だ。

宝石箱のように美しいディスクオルゴールは、レコードのような円盤を置くと、音を奏でる櫛歯の代わりに真鍮《しんちゅう》製の人形たちがシンバルや太鼓《たいこ》を叩くように配置されていて、音を楽しむだけでなく演奏する愛らしい姿が見られる。櫛歯が奏でた音が、パイプオルガンのように筒を通して響いてくるもの、陶器の美しい貴婦人がクラヴィコードを弾いているオルゴール。どれも精巧にできていて、音がとてもきれいだ。

木実里はオルゴールを動かしてみせながら、どの部分に工夫があるのかを解説してくれる。そしてほぼ同じ大きさのシリンダーやディスクを見せながら、よい音を生み出すポイントを講義した。

櫛歯は、ただピンで振動させただけでは単調な音しか出ない。

「もちろん、ピンが歪《ゆが》んでいるとリズムが崩れますから、垂直に植えつけるという基礎技術は必要ですが、その上でピンの先を微妙に調整することで、音に美しいメリハリと膨《ふく》らみが生まれます」

さらに、名工の手で生まれたオルゴール箱を開けながら、箱の材質による反響の違いなども詳しく教えてくれた。

――そうか、だからオルゴールの箱は木でできてるのが多いのか…。

学生たちと一緒に、奏人はオルゴールの音に魅了されながら木実里の話を聞く。そのあと、隣の工房で櫛歯の切り出し方を実地で学びその日の教室が終了した。

学生たちとともに玄関に向かいかけると、木実里がついでのように何気なく言う。

「ああ、森さん。もしこのあと少しお時間があるようでしたら、補習をしませんか？」

「え？」

木実里はにっこりと優雅な笑みを向ける。

「貴方だけ初心者ですからね。できれば他の生徒と進度を一緒にしたほうがいいでしょう」

親切な申し出に、奏人はありがたく頭を下げた。

「助かります。もし、お邪魔でなければ」

「もちろんですよ。歓迎します」

どうぞ、と奏人だけ元の部屋に戻される。他の生徒は次々に礼を言って帰っていった。

「どうぞ、かけてください。お茶でもお持ちしましょう」

「あ、おかまいなく」

奏人は遠慮したが、木実里は楽しそうだ。やがて重厚な金の取っ手が付いたモザイクタイルの盆にティーセットが載せられ、焼き菓子とともにテーブルに置かれる。

「講義というほど堅苦しいものではないですよ。どうぞ気楽に…」

「はい」

気品のある顔でにっこり笑って見つめられると、わけもなく緊張してお茶も飲めない。もじもじしていると木実里が席を立った。

「思った通り、可愛らしい方ですね」

「え…」

すっと肩のあたりまで近づかれた。

「貴方の作品はＷＥＢで拝見しました。とても精密で美しく、そして透明感のある世界観をお持ちだと思います」

「え……いや、そんな……」

木実里のようなアーティストに褒められると、気恥ずかしくて困る。木実里は形のよい唇で微笑んだ。

「お世辞《せじ》ではありませんよ。私は好き嫌いが激しいほうなので、本当に気に入らないと手に取らないのですが、貴方の作品はひと目で魅了されて購入してしまった」

「え、本当ですか？」

驚くと、木実里は自分の部屋まで取りに行って、手のひらにガラスドームを載せて戻ってきた。

水晶鉱山から水晶を切り出し、星の形に削《けず》って空へと飛ばしている〝星職人〟を描いた作品だ。紫水晶の塊《かたまり》を鉱山に見立て、小さなバケツにきらきらと光るように削った原石を入れている。星職人の男は鉱山の前で大きなエプロンをして原石を丁寧に削り、空へと手を伸ばして星を送り出そうと立っている。

空には大きな金メッキでできた顔のある月や、中世の絵画のような星たちが描かれていて、生まれたばかりの水晶の星が仲間に加わろうとしていた。仕掛けドームなので、星職人の男はバケツから星を取り出して空に差し出す動きを繰り返す。

「これに音が入るなんて、素晴らしい」

手放しで褒められると、やはり嬉しい。奏人が照れながら笑うと、木実里はいつの間にかとても近い位置にいた。

「そのオルゴールを手にする人は幸せでしょうね。作品として販売なさるのですか？　それとも誰かへの贈り物に？」

——わかるものなんだなあ。

鋭い推測に、奏人は一層照れる。

「贈り物です。大切な相手なので、今まで作ったことのないものを渡したくて」

「……なんて羨《うらや》ましい」

そう言いながら、なんとなく木実里の視線が手元に来るのを感じていた。けれど、考える間もなく、木実里に手を取られる。

「アトリエに行きませんか。貴方の作品にぴったりなフレーム作りから始めましょう」

「あ、はい…」

まるで紳士にエスコートされる姫君のように背中を押され、奏人は少し困りながらも促されるままに歩いた。

木実里は本当によい家庭の育ちなのだろう。いちいち動作が上品で優雅だ。女性のように扱われていることには苦笑してしまうが、悪気はないのだろうから、目くじらを立てるのは申しわけない。

何より、オルゴールの作品を作りたいという奏人の希望を叶《かな》えるために、基礎から教えてくれるのだから、こんなにありがたいことはない。

「他の生徒さんとの差を縮めるためにも、今後も奏人さんだけ個人レッスンをしましょう」

「え、そんな…申しわけないからいいですよ」

乗り気で言ってくれる木実里に遠慮したが、相手は意に介さない。

「大丈夫ですよ。私のほうは時間に融通が利きます」

なんなら奏人の家に教えに行ってもいい、とまで言われると断れない。

「ありがとうございます。じゃあ、伺《うかが》わせていただきます」

確かに、少しでも早く智基にオルゴールをプレゼントしたい。

にっこりと満足そうに微笑む木実里に礼を言い、奏人は通常の教室とは別に、個人授業を受けることになった。

◆◆◆

翌週、翌々週も個人授業を受け、隔週土曜日の正式な教室にも通った。

どんな曲のオルゴールを作りたいかと聞かれ、あまり音楽に詳しくない奏人が返事に困ると、木実里はたくさんの譜面《ふめん》と、小さなオルゴールにぴったりな演奏時間の旋律をいくつもピアノで弾いて、わざわざCDにしたものを手渡してくれた。

智基に見られるわけにはいかないので、アトリエでヘッドフォンを使い、こそこそ聞いていると急に肩に手が置かれた。

「わっ！」

飛び上がると智基も少し驚いた顔をしていた。

「声をかけたんですが、聞こえなかったようだから…」

「あ、ご、ごめん…」

慌ててヘッドフォンを外す。小さく流れている曲に智基が気付いた。

「クラッシックですか？」

「ああ、うん。他にも、ポピュラーとかオリジナルとか、いろいろ入ってる」

普段聞く曲や好きなアーティスト名を聞かれて答えたら、次の授業の時には何十曲も入ったＣＤを用意してくれていた。木実里は本当に親切な先生だと思う。

智基が譜面とヘッドフォンを見ている。

「……食事、できてますけどあとにしますか？」

「ううん、ありがとう。お腹ぺこぺこだよ」

智基が微妙な顔をしているが、贈り物のことはまだ内緒にしておきたかったので、奏人は楽譜の説明をせず、居間に行った。

今晩のごちそうはねぎ鍋だ。鶏団子《だんご》と下仁田《しもにた》ねぎがたっぷり入っていて、塩と鶏ガラで味付けした汁があっさりして美味しい。智基の得意料理のひとつだ。

「うーん。美味《うま》い」

じゅわっと味の染み出す鶏団子を頬張ると、智基が折り目正しく正座しながら笑っている。

「明日の朝用に、うどんも買ってあります」

「わあ、いいね」

出汁《だし》がたっぷり出たつゆで煮込むうどんの味を想像して笑顔になると、智基がちょっと考え込んでから口を開いた。

「……最近、奏人さんよく出かけますね」

「うん」

「新しい仕事ですか？」

「うん、そうだよ」

オルゴール製作は、もちろん智基のために始めたのだけれど、オルゴールそのものも、とても楽しかった。いずれ何かの形で作品に組み込みたいとは思っている。

「そうですよね。名刺を持って行ってたし…」

「…？　どうかした？」

確かに智基にはサプライズだから内緒にはしているが、そんなに微妙な顔をされるほどの隠し事はしていないつもりだ。けれど、智基のなんとなく腑《ふ》に落ちないような表情が気になってしまう。

「いえ、なんだか、最近奏人さんは楽しそうだから、どうしたのかなと思って…」

「そう？」

「ええ、でも…そうか、新しい仕事なんですね」

誰か、友達でもできたのかと思ってました、と智基は気を取り直したように笑った。

笑みを作りながらもそんな風に言われると、自分だけが木実里と楽しく授業をしているようで、ちょっと気が引ける。

本当は、木実里に聞いた話や、木実里自身のことも話したいのだが、なんだかこの流れで言うと、余計微妙な顔をされてしまいそうだ。

「…うん、仕事っていうか。仕事に繋《つな》がる習いごとっていうかね」

それは何、と聞かれても教えられない。

これまで、せいぜい動きがあるだけだったオブジェに、予想外の音楽を足してびっくりさせたいのだ。オルゴール作りを習っていることがバレたら、サプライズにならない。

「ナイショ…」

奏人はにっこりと笑った。

「でも、一番に見せるから楽しみにしてて」

そう言うと智基は少し安心したように端正に微笑んだ。

◆
◆
◆

木実里のアトリエに通うようになってから、二か月が過ぎていた。

奏人は木実里のアトリエとは比較にならない質素なプレハブの作業場で夢中になってメリーゴーランドのパーツを作っている。

作り出しているのは白馬だ。樹脂《じゅし》で形を作り、余分なところを削ってなめらかにしてから、塗装を重ねて質感を出し、更に艶を出すためのコーティングをする。石を取り付けるのはそのあとだ。

二センチちょっとの白馬には、豪華な鞍《くら》と鐙《あぶみ》、化粧手綱《たづな》が付けられている。丁寧に色を塗りながら、奏人は愛らしい曲に合わせて上下するメリーゴーランドの馬を想像した。

——どの石で飾ろうかな…。

オルゴール作りは、思っていたよりずっと奥深くて楽しかった。隔週土曜日以外も、毎週約束して平日の昼に木実里のアトリエに行き、シリンダーや櫛歯の作り方を教わっている。

櫛歯は十八弁のスタンダードなものから、二十二、三十六、七十二弁などの高級品まで様々だ。もちろん、櫛歯の数が多いほど音は複雑で幅広いものになる。しかし、櫛歯の数が多い分横に長さが必要になるので、奏人の考えている大きさでやろうとすると、三十弁くらいが適当だと木実里に言われていた。

木実里は親切だ、と奏人は思う。飛び入りさせてもらったのに、他のどの生徒より丁寧に教えてもらえるし、教室が終わったあとも「お茶を一緒に」とよく誘ってくれる。

その時も、音響についての知識だとか、材料やガバナのことなどを楽しく語ってくれた。

〝どんな傾向の作品を作りたいのかを知っておきたいから〟と、奏人自身についてもいろいろ聞かれる。詮索《せんさく》好きというわけではなく、聞いた翌週にはちゃんと奏人の好みに合わせたデザインの素材を用意してくれているから、純粋に製作のための配慮なのだろうと思った。

木実里の熱心な指導のおかげで、オルゴール製作は予定よりずっと早く進んでいる。

——まだ、へたくそだけど…。

とても木実里や長年通っているお弟子さんたちのような音は作れない。素人《しろうと》の耳にも、差は明らかだ。けれど、そんな拙《つたな》い音でも奏人は嬉しい。

——初めて作るオルゴールは、智基にあげたい。

だから、メリーゴーランドの製作もピッチを上げている。オルゴールのシリンダーは、オリジナル曲とはいかなかったがどうにかできて、あとはフレームの中で櫛歯と香箱を組み上げるだけだ。

ジリリリ、と一度は引退させた目覚まし時計から大きなベルの音がする。奏人は慌てて時計を止め、作業をやめて出かける支度をした。木実里のアトリエに行くのだ。

若葉色の染めのシャツにカーディガン、デニムに中綿コートを羽織《はお》り、戸締まりをして家を出た。

今日は智基が大学に行っているから、自転車がない。

「……」

木実里のアトリエに行く時は平日のほうが気が楽だった。

ちゃんと仕事に関する習いごとだとは言ってあるし、智基は何も言わないけれど、なんとなく土曜日にいそいそと出かけていくのを気にしているような気がする。

だから、早く仕上げてオルゴールを渡したい。

——待っててね。智基。

バスに揺られながら、奏人は麻布十番に向かった。


アトリエで、奏人は木実里に付きっきりになってもらいながらオルゴールを組み立てた。息を詰めてピンを挿《さ》したシリンダーをフレームに組み込み、櫛歯のねじを締める。

「………できた」

大きな格子窓のあるアトリエの、メープル材の広い作業台の上で小さなオルゴールが光る。壁は漆喰で窓からの光を白く反射し、アイアンで吊《つ》るされている観葉植物がやわらかく壁を飾っていた。まだ春は遠いのに、陽射しがよく入るアトリエはサンルームのように暖かい。

隣で見守ってくれていた木実里が微笑みながら言う。

「動かしてみましょうか」

「はい」

フレームから出ている小さなつまみを回すと、たどたどしく曲が奏でられる。

「初めてにしては上出来です。よい音色ですね」

「いえ、そんな…全然です」

奏人は苦笑した。本当に、素人が作ったとわかる拙さだ。けれど、全部自分で作ったものを智基に渡せるのだと思うと嬉しい。

「でも、満足です。本当にありがとうございます」

礼を言うと、木実里が顔を覗き込むように小首を傾《かし》げる。何かと思う間もなく顔が近づいて頬にキスされた。

「どういたしまして」

「な……」

予想外のことに、奏人は息が止まったまま言葉が続かない。だが木実里は動じる様子がない。

くすりと優美に笑う。

「ご褒美《ほうび》として、このくらいもらってもいいでしょう?」

「き、木実里さんっ…」

驚いて立ち上がる。頬が熱くなって、首の血管がドクドクいった。けれど、木実里は平然としている。ゆっくりと立ち上がって奏人の肩に手を置いた。

「貴方はそれを贈る相手に夢中のようですから、少し積極的にならないと、気付いてもらえないだろうと思ったんですよ」

「え…」

——何を…。

奏人が問う前に、木実里は品のよい白い手を動かして、奏人の肩から喉、耳元へと続くラインをなぞった。

「言ったはずですよ。私は気に入ったものでないと手に取らない。この教室も、本当に私が好む生徒しか取っていないんです」

驚いて言葉が出ない。

「初めて見た時から、可愛らしい人だと思っていました。仲良くなれたらいいなと思って声をかけて…」

オルゴールを作りたいのだと言われた時、運命を感じたのだと木実里は言う。

「貴方と、貴方の造る世界が好きです」

——そんなこと言われても…。

木実里が困ったように笑う。

「貴方に大切な人がいるのはわかっています。ただ、私もあなたの心の中に入る候補にしてもらえないかなと思っているだけですよ」

どう答えてよいかわからず、奏人はできたばかりのオルゴールを摑《つか》んで頭を下げた。

「ごめんなさい。あの、今日はこれで失礼します」

「奏人さん…」

後ろから木実里の声がしたが、奏人は振り向かないで、逃げるように走って玄関を出た。

夕陽が差し込むバスに揺られて、奏人は膝にリュックを抱えて考え込む。

リュックの中には、でき上がったばかりのオルゴールが入っている。

「……」

気分は複雑だ。

オルゴールができたのは本当に嬉しいし、それは木実里の指導なしには完成しなかったと思う。この二か月、毎週木実里に会って、いろいろな話をした。彼が見せてくれる古い楽譜の装飾や家にある美術品はとても魅力的だったし、木実里自身も優しくていい人だった。

――でも、あんな風に思っていたなんて……。

気が動転して、よく確認もしないまま飛び出してしまったが、落ち着いてくると、自分が何か勘違いしたのではないかという気がしてくる。

本当は、ただの友人としての親密さというだけで、同性への恋愛感情絡みというわけではないのではないか…そう思ってもみるが、キスされたのは事実だ。

――男女でも、友人でキスはないよな。

初めから気に入っていたと木実里は言っていた。木実里は、恋愛感情から自分をオルゴール教室に招いてくれたのだろうか、そう思うとなんとも言えない気持ちになる。

熱心に個別指導してくれたのも、そんな理由からだったのなら、素直に喜べない。

どちらにしても、木実里が自分に友情以上の気持ちを持っているのなら、もう会わないほうがいいと思った。

木実里を嫌いにはなれないが、恋や愛情には応えられない。自分には、智基しかいないのだから。

——残念だな……いい友達になれるかなと思ったのに…。

二か月で通い慣れた道を眺めながら、奏人はそっとため息をついた。

◆◆◆

三日経って、週末になった。朝起きると朝食ができている。

「おはよう…あ、ごめんね。今日は出かけないんだ」

言っておけばよかった、と奏人は後悔して謝った。出かけるだろうと思って、智基は先に起きて食事を用意してくれていたのだ。

あらかじめ言っておけば、いつまでもベッドの中でごろごろ遊んでいられるはずだったのに、申しわけないことをしたと思う。

「習いごとは…休みですか？」

「……うん。ていうか、終了かな」

「…」

「だいたい、覚えたからね」

「そうですか…」

智基は意外な顔をしていた。席に着くと珍しく和食で、熱々の豚汁《とんじる》と焼き鮭《ざけ》がいい匂《にお》いを漂わせる中、智基がごはんをよそってくれる。

「智基は？　今日は出かけないの？」

ふたりで出かける用事がない時、智基も友達と遊びに行く。遊ぶ相手は主に剣道部の同輩だ。

「今日は特に…。障子《しょうじ》を張り替えようかと思っていたので」

「ああ、破いちゃったやつ？　なら手伝うよ」

この間、入江《いりえ》たちが飲みに来た時、うっかりワインの瓶を障子に倒した。破れたのはわずかだが、白ワインとはいえかかった部分は染みになっている。そろそろ張り替えなきゃね、と言っていたところだ。

「奏人さん、製作のほうはいいんですか？」

このところ、ずっと根を詰めてますよねと言われて誤魔化すように笑う。

「大丈夫だよ。今日は一日空いてるからさ、障子を張り替えたら、一緒に買い物に行こう」

オルゴールオブジェを早く作らなければと急ぐあまり、少し智基との時間をおろそかにしていたような気がした。一日付き合うと言うと、智基の笑顔が穏やかになったような気がする。

「いい時期だよね。冬物もしまえるし…」

「……そうですね」

まだ、朝晩は冷えるけれど、もうすぐ春がやってくる。我が家のこたつは、そろそろ押し入れにしまわれる時期だ。ふたりきりで籠《こ》もる居間が、解放的な空間になる。

智基が名残《なごり》惜し気に台所から居間に目をやった。

縁側に座って隣の家の桜を眺める春、畳の上でゴロゴロする夏、お月見ができる秋…どの季節もこの居間でふたりで過ごしてきたけれど、やはり冬が一番特別だ。終わってしまうのかと思うと、奏人も少し寂しい。

食事を終え、ふたりで障子を外して庭で洗って糊《のり》を落とした。

四枚ある障子を順番に立てかけて干し、縁側に糊材の器を置いて真新しい障子紙を張った。桜模様が透けて見えるタイプだ。

「智基、そっち持って」

「はい。あ、奏人さん、左側緩んでますよ」

「お、ほんとだ」

恰好《かっこう》をつけて仕切ってみるけれど、やっぱり智基のほうが動きがてきぱきしている。そのうち糊の入った器を持って見ているだけになってしまった。その時、玄関のチャイムが鳴った。

「誰だろう」

手が離せない智基を置いて玄関に行く。

「はい、どなた様…！」

がらりと引き戸を開けながら誰何《すいか》すると、目の前に木実里がいて、思わず言葉が途中で止まる。

木実里が苦笑した。

「名刺に住所が書いてあったから…」

言葉の返しようがなくて黙る。木実里の表情が少し哀《かな》しそうになった。

「…そんな顔をしないでください。この間のことは謝ります」

「いえ…あの、謝ることなんて」

何もひどいことをされたわけではない。むしろ、ろくな対応もせずに帰ったのは奏人のほうだ。けれど、木実里は憂《うれ》いを帯びた視線を足元に落とした。

「気持ちを打ち明けてしまったら、貴方が嫌な思いをするだけだとわかっていましたが、それでも、言ってみたかった…」

「木実里さん…」

木実里がきれいな顔を上げた。

「謝りたくて…。決して貴方を困らせるつもりではありませんでした」

「あ、あの、それはもう…」

木実里に悪気がないのはわかる。頭を下げる木実里を、奏人は慌てて止めた。

すっと真摯《しんし》な目を向けられる。

「貴方の作品に魅了されたのは本当です。決して邪《よこしま》な思いではない。同じクリエイターとして、それだけはわかってほしいと思って…」

だから、非礼を承知で訪ねてきたと言われて、奏人は思わず頭を下げた。

「あの、こちらこそ本当にすみません。そんな風に思ってもらっていたとは思わなくて…」

顔を上げると、木実里がにっこりと優美な笑みを浮かべている。

「よかった…あ、貴方が噂《うわさ》の甥御さんですね」

——え…？

木実里の視線が奏人を通り越していて、慌てて振り向くとそこには智基がいた。

木実里の艶のある声が智基に向けられる。

「初めまして、木実里柊羽と言います」

「…初めまして」

お客様でしたらどうぞ、と智基が促して、仕方なく奏人は木実里をアトリエという名のプレハブに通した。

「居心地のよい工房ですね」

狭いプレハブで棚を眺める木実里に、奏人はなんと返してよいかわからずに曖昧《あいまい》に笑う。

「工房というか……作業場、という感じでしょうかね」

木実里邸の美しいアトリエを知っているだけに、その褒め言葉にも、微妙な返事しかできない。だが木実里は気にしていないかのように、棚に並んでいる石や素材、塗料を眺めている。

「いつか、私のオルゴールのケースをお願いしてもいいですか？」

オリジナル曲に似合う世界を造って欲しいと言われて、単純にそのリクエストをもらえたことが嬉しかった。

木実里が、アーティストとしてその作品の世界観に相応《ふさわ》しいと思ってくれたのなら、光栄だ。

「ええ、もちろんです」

「嬉しいですね」

木実里は、お茶を持ってきてくれた智基にお礼を言いながら奏人のほうを向く。

「ではまた家にも来てくださいますね」

家、という言葉を聞いて智基の顔がぴくりと動いたのがわかる。けれど、アトリエ兼自宅に行っているのは事実だから、他に言いようがない。

「はは…そうですね」

木実里は〝クリエイター同士で〟というスタンスで言ってくれているのだ。やましいことは何もない。それでも、智基にも木実里にも自分の意志をしっかり伝えたくて、部屋を出ようとする智基を呼び止める。

「智基、木実里さんはね、オルゴールの作家さんなんだよ」

「そうなんですか…」

木実里のほうを見ながら、奏人はさりげなく智基の肩に手を置く。同性に告白した木実里なら智基のことをちゃんと紹介してもいいと思う。

緊張で少し胸がドキドキする。けれど、どうしても言いたい。

「智基は、甥っ子というより、僕のパートナーなんです」

——言えた……。

智基に告白するより、第三者に公表するほうがよっぽど度胸がいる。大したことを言ったわけではないのに手が震えた。

木実里はにっこり笑っている。

「そうでしたか……」

——わかってくれたかな……。

自分には恋人がいる。だから、恋愛感情には応えられない。木実里にはっきりそう伝えたつもりだった。

けれど、意気込んだわりには特別なリアクションもなく、木実里は智基に年齢や学校のことなどを訊《たず》ねている。奏人は肩透かしを食らったような気持ちだったが、それでも智基のことをパートナーだと言えた満足感のほうが大きかった。

木実里の審美眼《しんびがん》やセンスは素晴らしいと思う。よき同業者として教えを受け、刺激を得られるのであれば、これからも付き合いを続けていきたい。

奏人は、わざわざ訪ねてきてくれた木実里に感謝した。

◆◆◆

木実里は小一時間《こ》ほどで帰っていった。残されたふたりは途中で終わっていた障子張りを再開し、張り終わった障子を元に戻してから駅前まで買い物に行った。

特に変わったことはない。精肉店や八百屋《やおや》に寄り、どれがいい？　と話しながら買う。夕食の献立を相談したり、女の子がいない家なのにひな祭りをしたいねなどと馬鹿なことを話した。

木実里の素性《すじょう》も説明した。隠しようがないので、彼のところにオルゴールの製作を習いに行っていたのだということも話した。木実里の前で、智基はパートナーなのだと公表もしたのに、それでも智基の中に晴れない気持ちがあるような気がする。

——どうしたらいいんだろう……。

智基は不安なのだろうか、と思う。以前、新澤《しんざわ》社長がオリジナル品をオーダーしに来た時、女性だというだけであれだけ動揺していたのだ。もしかしたら、木実里が訪ねてきたことで、智基は不快な気持ちになったのかもしれない。

どう言ったら智基が安心するだろう。

黙って木実里のところに通っていたことが智基を不愉快にさせたのなら、謝ったほうがいいだろうか…いろいろ考えは浮かぶが、肝心《かんじん》の智基が何も言わないので、謝ろうにもそのきっかけが掴めない。

「……」

智基は大人だ。こんな時、拗《す》ねたり〝何故《なぜ》教えてくれなかった〟と詰問《きつもん》してくることもない。楽しそうに話しかけると、ちゃんとそれに合わせて笑ってくれる。けれど、その笑顔に無理があったり、どことなく影が出てしまうのまでは誤魔化せない。

——弱ったなあ……。

気持ちを抑えないでいてくれればいいのに、なまじ自制心が強いから、こんな時の智基は、どうやって心をほぐせばいいのかわからない。

手詰まりなまま、表面だけ和《なご》やかに夕食を終え、こたつに入ったままテレビを見ている。けれど、ふたりとも画面を眺めているだけで内容なんか頭に入ってこないのはわかった。

何か言いたいのに、無理にテレビ画面に逃げている。その労力が不毛な気がして、奏人は手を伸ばしてリモコンの電源ボタンを押した。

モニターが濃いグレーになって、賑やかしになっていたテレビの音が消える。

智基が少し驚いた顔をして奏人を見た。

奏人は笑って智基のほうに行き、自分より大きな背中を抱きかかえ、小さな子をあやすようにゆらゆらと揺する。

「…奏人さん」

「何か不安…？」

智基を苦しめたくない。わだかまりがあるなら、取り除いてやりたい…そう思って大きな背中に頬を寄せる。

「あのね…僕は智基しか好きになんてならないよ」

だから、心配しなくても大丈夫。そう伝えようとすると、智基が身体をねじって向き合った。

腕を取られて見上げると、智基の無理をして笑う顔と視線がぶつかる。

「……そんなに、優しくしないでください」

「智基…」

「奏人さんに、そんな風に気を遣《つか》わせてしまうなんて」

「違うよ智基」

そうじゃない、と言おうとするのを智基が遮《さえぎ》る。

「ちゃんとわかってます…この先、いちいち仕事関係の人を疑っていたらきりがない」

智基の表情は穏やかに見える。けれど、もしかしていつもこんな風に気持ちに蓋《ふた》をして隠していたのではないかと奏人のほうが不安になった。

「大丈夫です。俺は、貴方の重荷にはなりたくない」

「智基…」

「木実里さんの家に行っていたというのは、アトリエに、ということでしょう?」

「…うん」

智基の笑顔は大人だ。

「仕事なんですから大丈夫です……お風呂、沸《わ》かしてきますね」

「あ、ありがと…」

静かに風呂場に向かう智基を見送りながら、奏人は一刻も早く、メリーゴーランドを完成させよう、と思った。

智基の〝大丈夫〟は、言葉だけのような気がした。もっと、学生らしく甘えさせてやりたいのに、我慢してしまう〝良い子〟の智基に、思いっきりのサプライズをあげたい。

奏人はこたつから出て、風呂場に向かって大きく声をかけた。

「智基ー、僕、ちょっとアトリエに籠もるね!」

返事が聞こえたのを確認して、奏人はアトリエのドアを閉めた。

オルゴールの屋根は金色だ。サーカスの屋根のように、円形のところどころが吊られたように波打っていて、そこに流線形の模様を入れてある。模様の上下には粒状の宝石を散りばめた。

屋根を支えているのは、金色のねじり模様が入った柱だ。床は白地に溶け出したような碧《あお》が混じる硬石膏《エンジェライト》。金色のたてがみをした白馬が、美しい鞍や手綱を付けて柱の間で上下する。二頭の白馬の後ろに白地に青い模様が入ったコーヒーカップがあって、くるくるとその場で回っている。

その前には白地に金色の模様が入った二頭立ての馬車があった。

屋根のないかぼちゃのような形をした馬車。童話のシンデレラが乗ったような丸い形で、両側にドアが付いている。御者《ぎょしゃ》の代わりに小さな子供の天使が何人もいて、手綱や御者台にたわむれるように飛んでいた。

もちろん中も本物の絹張りだ。

メリーゴーランドの中心になっている柱には、交互に金色の模様と石を嵌《は》めた。緑色のマラカイトと、真っ赤なガーネット。白地に映えてまるでお菓子のように愛らしい。奏人は、ほぼ組み上がっていた各パーツを夢中で組み込んだ。

もとになっているイメージは、ロシアのウスペンスキー大聖堂だった。白壁と青い屋根に金色の模様。おもちゃのように可愛らしく華やかで、そして幻想的なメリーゴーランドを作りたかった。

おとぎ話の世界のように美しい馬や馬車が台にセットされる。奏人は最後に馬車のドアを開けて、人形を二体座らせた。

音も時間も意識からすっぽり抜けて、まるで自分が遊園地の大きなメリーゴーランドを作っているような気持ちになって作業をし、人形を座らせて扉を閉めたあと、忘れていた息を吐いた。

「…………できた」

メリーゴーランドはちょうど奏人が両手で持ってすっぽり収まるくらいの大きさだった。古びた木製の作業台の上で、ぴかぴかのお菓子のように輝いている。

胸がいっぱいだった。台の下にはオルゴールが内蔵されている。こんな風にドームなしで製作をしたのは学生時代以来だし、オルゴールを作ったのも初めてだ。

智基に喜んでもらいたい。一生に一度の贈り物をしたい…そんな気持ちで頑張った二か月間だった。いろんな想いが込み上げてきて、ひとりで感無量《かんむりょう》になっている。

——喜んでくれるかな…。

これがぴったり入る箱も作ってある。箱に似合うリボンも用意してあった。智基に渡す瞬間を思うと、なんだか笑いが込み上げてきた。

「……へへっ……っくしゅっ……！」

——わ、寒……。

急に寒さが肩のあたりに染みてきて、奏人は思わずくしゃみをした。夢中になっていたから気付かなかったが、窓の外を見ると真っ暗だ。

時計は五時を指していた。

さすがにもう智基は寝ているだろう。奏人は完成したばかりのメリーゴーランドのねじをそっと巻いてみた。

——うまく動くかな……。

手を離すと、メリーゴーランドがゆっくり回り出した。やはりたどたどしいけれど、オルゴールは可憐で澄んだ音を立てている。

本当に遊園地のようなノスタルジックな空気だった。素朴に奏でられる音に合わせて、白馬はゆっくりと上下し、コーヒーカップは楽しそうに回転する。

引き込まれるように見ていると、急に背中のほうから声がした。

「奏人さん…」

「わ…わわっ！」

びっくりして慌てて振り向くと、智基が毛布を手にドアのところに立っていた。

「…すみません。音が聞こえたから、気になって」

急いで身体で隠してみたが、智基の目はもうメリーゴーランドを見つけていた。入っていいのかどうか戸惑《とまど》っている智基に、奏人はしどろもどろになって説明する。

「あ、あのね…これは…その………」

「……？」

——ああ…計画が………。

自分の描いた理想がみるみる崩れていく。奏人はもごもごと言い訳をしながら、残念さと気恥ずかしさで赤くなる。

――駄目だよな、もう、隠せない。

「智基に、あげるつもりで作ったんだ……」

「奏人さん……」

驚いた顔の智基に、机からメリーゴーランドを取って、両手で抱えて見せる。

本当は、プレゼントらしく包装して渡したかったけれど、仕方がない。

「オルゴール作りを勉強したのもそのためで……だから、内緒で習いに行きたくて」

差し出すように見せると、智基が毛布を手に持ったまま近づいてくる。信じられないものを見るような顔をした智基を、顔を赤らめたまま見上げた。

「本当はね、もっと素敵なところで…ちゃんとレストランとかを予約して、きれいな箱に入れて渡すつもりだったんだけど」

智基が、メリーゴーランドを食い入るように見ながら、独り言のように呟《つぶや》いた。

「俺に…ですか……？」

「うん」

少し理想とはズレたけれど、一番最初に完成品を見てもらうという願いは叶った。

驚いた顔のまま固まったように動かない智基に、そっとメリーゴーランドを手渡し、照れながら言う。

「……愛の誓いなんだ。指輪の代わりに」

「…奏人さん…」

メリーゴーランドを持った智基の両手を、自分の両手で包む。

「僕のほうが重たいかもしれないね。これ、プロポーズのつもりだから」

「……………っ……」

智基の目が潤《うる》んだ気がして、次の瞬間には肩口に頭が寄せられた。

夜の冷気の中で、智基の身体がとても温かい。奏人は大きな背中に腕を回し、ぽんぽん、と軽く叩いた。

「…メリーゴーランドはね。終わりも始まりもないんだ。ずっと、円を描いて回っていく」

まるで指輪のように丸くどこまでも繋がって続くかたち…。だから、どうしてもメリーゴーランドにしたかった。

「一生、ずっと一緒にいられますように…っていう、僕のお願いなんだ」

肩口にある智基の頭がちょっと震えている。智基が大事そうにメリーゴーランドを片手に持って、もう片方の手で抱きしめてくれた。

「一生、大事にします……貴方も、これも」

「智基…」

長い間、ふたりでそうして抱き合っていた。なんだか気持ちが昂《たかぶ》ってきて、胸がいっぱいで、離れられなかったのだ。やがて互いの匂いを確かめるように顔を近づけ合って、じゃれるようにキスをした。

ようやく離れると、智基が大事そうにメリーゴーランドを机に置く。

「これ、動かしてみてもいいですか」

「うん、ぜひ…」

丁寧にねじを巻く。すると、可憐な音色がした。

「この曲はね、リストの『愛の夢』っていうんだ」

優しくて愛に満ちた曲がいい、そう頼んで木実里にたくさん曲を入れてもらったCDの中から選んだものだ。

「最初はオリジナル曲を…なんて頑張ってたんだけど、まだ、今回が初めての製作だからさ。曲は既製のになっちゃったんだけど」

「…そんな、すごく、このメリーゴーランドに似合ってます」

そう思ってもらえたなら嬉しい。智基はずっとメリーゴーランドに見入っていたが、ふと表情を変えた。

「これ、馬車に乗ってるの…」

「あ、気付いた？」

智基が顔を上げる。奏人はちょっと得意な気分だ。

シルクハットをかぶった、白い燕尾服《えんびふく》と黒い燕尾服の人形が二体。どちらも、胸ポケットにピンク色の薔薇《ばら》を挿し、結婚式の衣装だとわかるようにしてある。

かぼちゃの馬車の中で、二体の人形は仲良く手を繋いでいた。

本当にびっくり顔の智基に笑いかける。

「ちゃんとね、ふたりを入れなきゃって思って」

「奏人さん」

「わ…」

ぎゅっと抱きしめられて、息ができない。

――智基…。

熱い腕の感触がする。抱き込まれた腕の中で、智基が囁《ささや》いた。

「ありがとうございます……」

こんな時でも、智基は礼儀正しい。けれど、奏人を抱きしめたまま智基は懺悔《ざんげ》するように言う。

「本当は、木実里さんのことで頭がぐるぐるして、眠れなくて……」

このまま夜が明けるかと思った頃、たまらなくなって、毛布を渡す口実を作ってアトリエの前に立った時、オルゴールの音色がしたので、思わずドアを開けてしまったのだと告白された。

「…すみません。大丈夫だなんて大口を叩いて」

疑うわけではないけれど、奏人はオルゴール作りが楽しいのか、それとも木実里に会うことが楽しいのか、どちらだろうと考えてしまって自分の中で消化できなかったのだそうだ。

苦悩しながら言う智基に、奏人は笑って背中を撫でた。

「聞いてくれればよかったのに…」

「そんなわけにはいかないです」

「智基はわきまえ過ぎなんだよ」

少し身体を離して智基を見上げる。

「重荷になりたくないだとか、心配かけたくないだとか、そんなこと言われても、僕は重荷をもらいたいよ」

「奏人さん…」

誰かと一緒に生きていくのだ。軽い荷物なわけがない。

驚いた顔をしている智基の肩を摑んだ。

「ね、もっと本音を言い合おう。僕も、あんまり重たい荷物だったら、ちゃんと〝ギブアップ〟って言うから」

だからもっと気持ちを打ち明けてほしい。喧嘩《けんか》ができるくらい。そう言うと智基がはっとしたような顔で考え込み、それから大きく頷いた。

「はい…」

唇に軽くキスすると、智基が奏人の頭を手で引き寄せ、キスを返す。ふたりとも笑いながら抱きしめ合い、明けていく夜空を眺めた。

「朝になっちゃったね」

「いいんですよ。休日なんですから、これから寝ましょう…」

「ははは…」

その日はふたりで午後まで眠って、怠惰《たいだ》な日曜日を満喫した。

◆◆◆

それからどう変わったかと言うと、智基の性格にそう変化はない。人間、一朝一夕《いっちょういっせき》で生まれ持った性向が変わるわけがないのだ。けれど、だいぶ遠慮が減ってきた気がする。

――というか、甘えてきてるのかな。

隔週土曜日の教室通いは再開したが、智基は露骨《ろこつ》に嫌がるようになって、出かける間際まで肩に抱きついてくる。

ウエイト差がある智基が後ろからのしかかってくると、本当にテーブルに押し倒されてしまって起き上がれない。

「智基、重いって、潰《つぶ》れるう～」

「木実里さんに会わせるのが嫌なんですよね」

どうやら、教室に行くのが嫌なのではなく、木実里のことが嫌なようだ。

あの人は絶対奏人さんを狙ってる、と言い張って聞かない。

「そんなことないよ、クリエイターとして気に入ったんだって言ってたよ」

「絶対嘘《うそ》ですよ。俺はライバルオーラを感じました」

「え～？」

子泣きじじいみたいに背中にのしかかったまま、力を加減しながらも智基は離れないで言う。

「家に来たのは、俺に対する宣戦布告《せんせんふこく》だと思います」

「……そうかなあ」

曖昧に言葉を濁《にご》すものの、智基の勘は当たっている。

――告白されたなんて、絶対言えないな。

ほっぺのキスの件については、極秘にしておくしかない。

「……そんなに嫌なら、教室に行くのはやめようか」

学べなくなることは惜しいと思うけれど、智基が嫌なら仕方がない。けれど、智基の〝嫌だ〟はただの甘えだったらしい。教室は行ってくださいと即答される。

「でも奏人さんには俺の匂いを付けておきたいんです」

「犬のマーキングじゃないんだから…」

「できるならそうしたいですよ。奏人さんは俺のものだって印を付けておきたいくらいです」

そう言いながら首筋だの耳だのにキスをする。

キスのための口実なのか、マーキングのためのキスなのかわからない。

いつまでもベタベタと甘えている智基に、奏人が思いついて提案した。

「じゃあさ、一緒に麻布十番まで行く？　六本木《ろっぽんぎ》が近いから時間は潰せるだろうし、それで教室が終わったら一緒に鯛《たい》焼きを買って帰ろうよ」

十番商店街の名物鯛焼きだ。いつでも行列ができている。ついでに東京タワーまで歩いて、展望台に上ろうと言ったら智基がとびっきりの笑顔を向けてきた。

「はい」

――なんだ、可愛いなあ…。

いつも自分よりしっかりして見えるけれど、嬉しそうな智基の顔は、まだまだ無邪気《むじゃき》な大学生だ。

可愛くて、思わず振り向きながら鼻先にキスを返した。

「さ、じゃあ出かける準備をしよう」

「はい…！」

きっとこの先もいろいろあるだろうけれど、こうやって少しずつ〝パートナー〟になっていきたいと思う。

支度をし、靴を履いて玄関を出ると、外はもう少しずつ春の匂いをさせている。

「智基、バス停まで走ろう！」

どこまでも続く未来を思って、奏人は微笑んで智基の手を取って走った。

夜桜

四月に入って、気温が一気に上がった。智基《ともき》は、恒例の花見会のために酒盛り用の料理をこしらえていた。

奏人《かなと》は決して華やかなタイプではないが、人に好かれる性格のせいか、訪ねてくる友人は少なくない。一番頻繁《ひんぱん》に来るのは、仕事で付き合いのある入江《いりえ》だが、その他にも美大時代の友人たちが何かと名目を付けては、この家で飲み会を開く。それがひとりで家に籠《こ》もっている奏人を心配してのことだというのは、智基にもわかった。

ここに来てからは、智基のことも気にかけてもらっている。類友と言うべきか、奏人の友人は総じて人柄《ひとがら》がよい。

今年の桜の開花は順調だった。ちょうど春休みにかかるところで東京《とうきょう》は見頃を迎え、この土日はお花見の名所に人が殺到しているという報道ばかりを目にする。

だから、森《もり》家ではわざわざ外には出ない。

障子《しょうじ》を目いっぱい開いた居間で、庭からの桜を眺《なが》めながら花見酒を酌《く》み交わす。

板塀《いたべい》で囲まれた二坪ほどの狭い庭の向こうは、幅二メーターほどの私道があって、その向こうは隣家の畑だった。ちょうど森家の庭の左側に畑の中の通り道があり、そこに見事な枝ぶりの桜の木があるのだ。

周囲は畑で視界を遮《さえぎ》るものはない。森家の二階まで届くほどの高さのある大きな桜の木は、居間から見ると青空の中に堂々と枝を広げ、淡い花 簪《はなかんざし》のような花をたわわに咲かせている。

森家にとってはありがたい借景《しゃっけい》だ。人ごみで場所取りをする必要も、大荷物を持って出かける必要もなく、桜を堪能《たんのう》できる。

玄関ががらりと開く音がして、奏人がコンビニの袋を提《さ》げて帰ってきた。

「ただいま。買ってきたよ、とりあえず氷は冷凍庫に入れとくね」

「ありがとうございます。あ、レモンはテーブルに出しておいてください」

うっかり買い忘れたものを奏人がコンビニで調達してきてくれたのだ。

「あとは？　割りばしとか皿とか出しておこうか」

「大丈夫ですよ、もう出てます。こっちも、このから揚げで終わりですから」

テーブルには酒のつまみから腹持ちする主食系まで、呑兵衛《のんべえ》たちを満足させるべく大量に料理を並べた。奏人はだいぶ手伝ってくれたのだが、まだ恐縮している。

「毎年悪いね。こんなにたくさん、ひとりで作るの、大変だろ」

智基はレモンを洗って飾り切りしながらくすりと笑う。

「奏人さん、手伝ってくれたじゃないですか」

チーズ入りの春巻き、ゴマや人参《にんじん》をたっぷり入れたいなりずし、アスパラのベーコン巻き、エビフライ、枝豆、蛸《たこ》と小芋《こいも》の炒《いた》め煮、キッシュ、野菜のピクルス、たまごと角切りチーズのサラダ、焼きビーフン、モッツァレラチーズの生ハム巻き。家にあるありったけの皿を使って盛り付けた、それらの並んだテーブルは豪華だ。

こういう準備は何も苦にならない。ただ食べられてしまうわけではなく、入江たちは智基の労をねぎらい、味を評価してくれる。それに、随分と気を遣《つか》って材料費以上の額になる差し入れを大量に買ってきてくれるのだ。

飲み会用にという名目だが、残ったら森家の食材として使えるように配慮されているのがとてもよくわかる。智基が未成年だった時も、ひとりでぽつんとしてしまわないようにとジュースや何やらを勧めながら話の輪に入れてくれた。

男だけの気楽な飲み会という楽しさもある。だから、智基もこの花見は楽しみな行事だ。

「もうすぐ入江さんたちも来るでしょう。奏人さんも、一服《いっぷく》入れてください」

「うん…、ありがと」

奏人は財布《さいふ》を置きにアトリエに入っていった。だがいくらもしないうちに台所に戻ってきて、なんだか困ったような顔をしている。

「どうしたんです？」

「…いや、あのさ……」

参加者の人数が増えた、と奏人が言いづらそうに口を開いた。けれど、その程度はどうということない。もともと大皿料理だし、余るくらいを想定して作っている。けれど、奏人の心配はそこではないようだった。

眉間《みけん》に皺《しわ》が寄っている。

「…入江の友達が、友達を連れてくるって。加藤《かとう》っていただろ？」

加藤はキュレーションサイトを運営する会社に勤めているウェブデザイナーだ。入江と仲がよくて、なんとなく森家にも来るようになった、お笑い芸人のように楽しい人だ。

「その友達が、木実里《きみさと》さんなんだそうだ」

「え…？」

思わず聞き返す。

加藤と木実里の間が、ものすごく繋《つな》がらない。奏人も眉間の皺が深くなる。

「……どうしようか」

ひとり増えちゃうんだけどいい？　というラインを通じての連絡だったそうだ。

「朝の段階でチェックしておけばよかったんだけど、今見て…」

時間からするともうこちらに向かっている途中だろう。今からお断りするというわけにもいかない。

智基は正直に顔をしかめたあと、力を抜くようにため息をついた。

「しょうがないですよ。それに、五人が六人になるくらいは問題ないです」

「…うん、でもさ」

相手が木実里だということに、奏人は心配そうな顔を向けてきた。

智基は笑ってみせる。面白くないのは確かだが、奏人を悩ませたくない。

「大丈夫ですよ。俺はちゃんと歓待します」

奏人の愛情に不安はない。木実里が何をしようが、奏人は絶対に心が揺れたりしないだろうと確信できる。けれど、木実里本人については疑わしい。

以前、家に訪ねてきた時、奏人はちゃんとパートナーだと紹介してくれたのに、木実里は少しも動じる様子がなかった。

——あれは、わかってて退《ひ》かない気なんだ。

まるで挑発するように、奏人が自分の家に来たり、自分と奏人は仲がよいのだというのを見せつけたりした。奏人は気付いていなかったようだが、木実里と智基とは水面下で火花を散らしていたのだ。

——今日のだってそうだろう。狙《ねら》ってきたんだ。

わざわざ友人づてに入り込んでくるなんて、相当な奴だと思う。こうなると、不安というより、負けるもんかという気持ちになってくる。

ライバルだから木実里のことは気に入らない。けれど、奏人の友人関係にヒビを入れるような真似《まね》はしたくない。

——来たければ来ればいいさ。でも奏人さんは渡さない。

挑戦を受けて立つ武将のような気持ちになって、智基は悠然《ゆうぜん》と口元に笑みを刷《は》く。

「ひとり分、座布団《ざぶとん》とか増やしましょう。俺も、木実里さんがどんな人なのか興味があるんで、話を聞けるのはいい機会です」

「そう？　それなら、いいけど…」

どうして奏人を気に入ったのか、どんな風に好きなのか、木実里の心の中が気になる。

奏人は智基の強い笑みに安心したのか、ほっとしたような顔をして支度を手伝ってくれた。

◆◆◆

「やほー！　お邪魔しまーす」

「こんにちは～」

チャイムが鳴って、どかどかと賑《にぎ》やかに人が入ってきた。入江を筆頭に、客は六人だ。皆、ビールのパックや惣菜《そうざい》、乾き物のつまみ、梅酒、日本酒、ワインと思い思いの差し入れを持ってきてくれた。

入江は陽気だ。

「奏人、柊羽《しゅう》さんと知り合いだったんだって？」

「こんにちは、お邪魔します」

いつものメンバーに挟《はさ》まれて、麻の白いシャツを着た木実里がにこっと笑った。肩にかけたモスグリーンのニットも嫌味《いやみ》なく見える洒脱《しゃだつ》さは、智基も素直にセンスがよいと認められる。

「加藤くんと話してたら、偶然奏人さんと友達だとわかって。ずうずうしいかなと思ったんですが、飛び入りで参加させてもらいました」

これ、差し入れですと渡されたのは凝《こ》ったラベルの赤ワインだ。ほどよくシャビー感のある木箱に入っていて、一緒にイベリコ豚《ぶた》のスモークが入っていた。

「今日は他のお酒がいっぱいあると思うので、それはおふたりの時に…」

にっこり笑って奏人を見、ついでのように智基のほうを見る。智基は礼を言いながら奏人から箱を受け取ったが、内心で木実里にけちを付ける。

――俺を見る時は、目が笑ってなかったな。

決してひがんでいるわけではない…と、笑みを消さないようにしながら自分に言い訳をする。けれど木実里にだけ見方が厳しくなってしまうのは仕方がない。

そんなやり取りなど気付くこともなく、入江たちは続々と居間に向かい、開け放たれた縁側から満開の桜を眺めて歓声を上げる。

「おー、今年もすごいなあ」

「九分咲きかな。週末に見頃だなんて、いいタイミングだ」

口々にきれいだと喜びながら、水色の空に花開いた桜を鑑賞している。

しっかりと太い幹からいくつもの枝が分かれ、ほんのり花芯が色付いている桜がぼんぼりのように丸く密集して咲いている。ところどころ幹に直接咲いている花もあって、ピンク色の蕾《つぼみ》が残っている房《ふさ》もあるが、今を盛りに咲く花は、ほんの少し風が吹くだけでもはらはらと花弁を散らし、陽射《ひざ》しを受けて白く雪のように煌《きら》めいて舞った。

「ほんとにいい桜だよね」

「さあ、縁側に料理を持っていって」

「ストックビール、冷蔵庫入れとくね」

「シートも持ってきたよ」

わいわいと、皆楽しく花見の準備を始める。基本的には縁側のほうに置いたこたつテーブルに料理を載せ、あとはめいめい縁側や居間に座って花を眺める。陽射しの下で飲みたい者は庭にピクニックシートを敷くが、居間で寝転がって仰ぎ見る桜が最高なのだと常連メンバーは口々に言う。

紙コップと紙皿、割りばしが渡され、ビールが注がれると入江が音頭《おんど》を取って宴《うたげ》の口火を切った。

「乾杯～！」

「うひゃ～、美味《うま》いな。智くん、また腕を上げた？」

ビールを片手に、皆美味《おい》しそうに食べてくれた。近況を語り合い、気持ちのよい晴れた空を眺めながらの宴は本当に楽しい。

木実里は加藤と並んで縁側に座っている。向かい側では入江が立て膝で寛《くつろ》いでいて、その隣にはやはり美大の同期でデザイン事務所にいる白柳《しらやなぎ》がいる。奏人はテーブル近くに座っていて、なんとなく皆にビールの缶を渡したりしていた。あとのふたりは鉱石仲間の三田《みた》と染色を学びたくて院に進んだ有末《ありすえ》だ。智基は台所へ行き来しやすいように、一番縁側から離れた場所を取っている。

「いやー、柊羽さんのアトリエに行ってるなんて、俺は全然知らなかったよ」

入江がチーズ入りの春巻きを箸《はし》で挟んだまま言った。入江も、木実里とは面識があるらしい。

「奏人さんはセンスも飲み込みもいいので、教え甲斐《がい》があります」

「やだな、持ち上げないでください」

木実里が褒めるので、奏人は照れている。智基はさりげなく話の輪に加わりながら、思いのほか木実里が本当に奏人の作品を評価していることを知った。

入江の経営しているサイトの作品画像が、実物のよさを見せきれていないと意見し、さらに言うだけでなく自分のおすすめのカメラマンを紹介したらしい。加藤との付き合いはそのカメラマンを通したもので、既存の作品も撮り直したほうがいいとか、もっとパーツカットを増やせとか、いろいろアドバイスしているうちに、今回の飲み会を知り、さらに加藤から参加しないかと誘われたようだ。

ぷよぷよとした体形にもじゃもじゃのヘアスタイル、丸眼鏡《めがね》でユーモラスにまとめている加藤が陽気に語る。

「柊羽さんのアトリエに通いたいって人は多いからね。口利きしてほしいって頼まれたこともあるし。柊羽さんのほうから誘ったなんて、奏人はさすがだなって思ったよ」

「そんなに競争率高いんですか？」

「もちろんだよ。大学の講義だって人気集中だしさ。アトリエの取材だっていくつもあったのに、柊羽さんは気が乗らないって全部断っちゃうし」

えり好みが激しいんだよね、とからかうと木実里は優雅に笑う。

「我儘《わがまま》みたいに聞こえるじゃないですか。そんなんじゃないんですよ。ただ、私は自分の空間には好きなものだけを招きたいんです」

紙コップが似合わないきれいな指先を見ながら、智基は木実里が本当に恵まれた家庭の育ちなのだと思った。

取材とか騒がれるのは嫌なんです…と言えるのは、わざわざメディアに売り込まなくても生きていけるからだ。大学講師などそんなに収入はよくない。普通なら少しでも知名度を上げて、ステップアップを目指すだろう。しかしそんな俗なことはせず、糊口《ここう》をしのぐための教室を持つわけでもなく、木実里は本当に好きなことだけをして生きていける生まれなのだと思う。

悔しいが、木実里にはそういうゆとりが生む品のよさがあるし、恵まれた環境を自慢するような傲《ごう》慢《まん》さも感じられない。本当に「好きなことを好きなように追求して」生きてきた芸術肌の人なのだ。

「……………」

その美的センスも秀逸《しゅういつ》だと、智基も認めざるを得ない。

木実里が森家を訪れた日に、智基は彼のことをネットで調べた。もちろん大学講師という肩書きですぐ本人は特定できたし、木実里の作品にもすぐ辿《たど》りつけた。

木実里は作曲をしている。オルゴールの作品は、別名でやっているので普通の検索ではひっかからないが、木実里ファンのブログから辿っていくと見つけられる。オルゴールは、本当に好きで、趣味として極めているらしい。だがファンがネット上にアップした音楽は、まったくその方面の知識がない智基でも思わず賞賛してしまうような作品だった。

――オルゴールが、あんなに複雑な音を出すとは思わなかった…。

単調で素朴な響きがオルゴールの魅力なのかと思っていた。だが木実里が作った九十弁のオルゴールは、幾重《いくえ》にも響きが重なり、まるで何台ものオルゴールでハーモニーを奏でているようだった。きらきらと宝石が輝くような透明な音色《ねいろ》は、確かに奏人の作品の世界に通じるものがある。

やっかみで穿《うが》った見方をしなければ、木実里は確かにすばらしい芸術家で、智基の作品を本当に気に入っていて、アーティスト同士で気が合うのだと考えられなくもない。

その部分は面白くないが、仕方がないと思う。

今も、目の前ではアート関係者らしい話題が繰り広げられている。ちょうど染色を専門にしている有末が、桜の木の皮で染める「桜染め」の話をしていて、一同は伝統色の和名や、印刷用の色で染め上がりを推察していた。

「鳥《と》の子《こ》色くらい？」

「いや、もうちょっとマゼンタを足した感じかな」

盛り上がっている彼らのまわりには、既に空き缶が並び始めている。智基はそっと台所に行き、冷やしてある次のビールのパックを取り出す。

――ソーダも持っていくか。

梅酒の割り材を手にしかけた時、ふと気配を感じて振り向くと、木実里がいた。

優雅な笑みを浮かべたまま、軽い世間話をするように話しかけてくる。

「貴方の知らない話ばかりになってしまいましたね。すみません」

「いえ、そんなことはないですよ。楽しんでます」

話に加われないから台所に来たわけではない、飲み物や氷の補充はホストの家のものの役目だ。気にしないでくれと言ったが、木実里は暗《あん》にクリエイターではない智基にはわからない話だろう、つまらないのではないか、と気を遣っているのか見下しているのか判断できない微妙な言い回しをしてくる。

「確か智基さんは教育学部ですよね。教員を目指しているんですか？」

「いえ、市役所です。転勤を避けたいので」

「…待遇重視ですか」

軽く驚いたような、呆《あき》れたような顔をされる。けれど、智基にはその選択に誇りがあるのでなんとも思わない。

「はい、奏人さんはあの通り仕事にのめり込むタイプだから、俺はサポート役をやるつもりです」

「…」

木実里は、入江たちの輪の中にいる時とは雰囲気が違った。まるで智基にだけは感情を隠さないとでもいうように、探るような視線を向けてくる。

互いに、相手の考えを読もうとして空気が鋭くなった。

ふたりきりの時に本音でやり合えるなら上等…と智基がぐっと腹に力を溜めて向き直ると、木実里がふっと笑った。

「貴方に誤魔化《ごまか》しても仕方がないですね。私は、奏人さんのことが好きです」

「…俺たちは、パートナーです」

「ええ、知ってます」

刃先を向け合い、間合いを取っている剣術のようだと智基は思う。どちらも互いの太刀筋《たちすじ》を知っていて譲《ゆず》らない。予想通りだ。木実里はちゃんと智基の感情もわかっていて、ライバルとして宣言しに来た。

「誰がいようと、私は奏人さんのことが好きなので」

諦《あきら》める気はないと木実里は言う。

「…誰を選ぶかは奏人さんが決めることです」

「もちろん、そうです」

「……」

そうやって奏人に迫る気だろうか。眉根を寄せて警戒していると、木実里が誇り高そうな顔をした。

「醜《みにく》い奪い合いをするつもりはありませんよ。小細工をして籠絡《ろうらく》したり、無理に貴方から引き裂いて手に入れるのは愛ではない。そんなものは私は要らない」

きっぱりとした物言いに、気圧《けお》されそうになった。木実里はたおやかな容姿《ようし》をしているが、芯は強く、プライドを持っている。

「奏人さんは、実に魅力的です。やわらかな雰囲気の容姿も、繊細《せんさい》な感覚も、造り出す世界観にもとても惹《ひ》かれる」

こんな人に出会えるとは思わなかった、と木実里が言う。

「……」

「だから、貴方がいるからといって気持ちが消えることはないのです」

智基は反論しなかった。叶《かな》うことがないとわかっていても感情を消せないことがあるというのは、自分も嫌というほど実感している。

支持はできないが、木実里の考え方は否定できない。彼は彼なりに、真摯《しんし》に奏人に向き合い、好意を持っているのだ。

返す言葉を見つけられない智基を前に、木実里は自信を漂わせて微笑《ほほえ》んだ。

「私は、奏人さんによりよい影響を与えられると思っています」

製作を続ける上で必要な情報も、創作活動に欠くことのできない刺激も、同じアーティストとして十分奏人の役に立てると木実里は言う。言外《げんがい》に〝それは一介の公務員になる貴方にはできないことでしょう？〟と諭《さと》されている気がした。

――もしくは、奏人のためを思うなら、自分と会うのを阻《はば》むなということだろうか。

「ソーダ、持って行きますね」

木実里は言いたいことだけ言うと、優雅に微笑んで居間に戻って行った。残された智基は、ビールのパックを手にじっとその背中を視線で追った。

奏人の恋人として、パートナーとして、自分は誰に恥じることもない。奏人の愛情は揺らぐことはないと信じている。けれど、自分が最も相応《ふさわ》しい伴侶《はんりょ》なのかと問われると、即答はできなかった。

木実里の言うことは事実だ。智基は芸術とは無縁な武道の世界で育っているから、奏人にベストな環境や影響を与えてやることはできない。

「……」

木実里ならできるのだろう。彼の育ってきた世界と彼が有する知識なら、奏人を引き上げ、創作にいい影響と刺激をもたらす。

自分が駄目だとは決して思わない。けれど、木実里の言葉に心が揺らぐ。

――………。

迷う心を押し隠しながら、智基はビールを持って居間に戻り、さりげなく宴の輪に入った。

◆◆◆

深夜――。
昼間に始まった宴会は夜まで続き、加藤と木実里、有末がほどよい時刻に帰ったが、あとの三人は結局酔いつぶれて居間に寝転がっている。酒には強くない奏人も一緒にうとうとと眠り、智基も付き合って雑魚寝《ざこね》していた。

——冷えるな……。

四月の夜は寒い。障子は閉めたが酔っ払いを放っておくと風邪をひくだろうと思って、智基は起き上がり、押し入れからタオルケットや毛布を取り出すと、ごろ寝している入江たちに掛けた。

居間は障子越しの月明かりが差し込んでいて明るく、空き缶やつまみを載せた皿が畳に影を落としている。

奏人に毛布を掛けようとすると、目を覚ました。

「…いま、何時？」

手で目をこすりながら奏人が小声で聞く。

「一時です…」

智基も小声で返す。奏人が起き上がったので、智基はそのあたりに転がっている缶や割りばし、紙皿をまとめ始めたが、奏人に止められた。

「いいよ、それは明日やろう」

みんなが起きちゃうから、と奏人は月明かりの中で微笑んだ。

ふんわりした笑顔が思わず笑みを誘って、智基の表情もやわらかくなる。

「…そうですね」

僕たちは上で寝よう、と腕を取られて、居間をそのままにしてそっと階段を上がる。

ダブルベッドは奏人の部屋ではなく、智基の部屋に入れた。智基の部屋も六畳しかないので、だいぶ狭くはなったけれど、南向きの部屋の陽当たりのよいベッドでふたりで眠るのはとても幸せだった。広いベッドに上がると、奏人がこっち、と手招きした。

「ここでもお花見ができるよ。ほら」

窓際に寄ると、桜が上から見られた。手前側の桜は街灯に照らされて、闇の中に白い花びらが浮き上がって幻想的だ。

奏人の隣に寄り添うように座り、ふたりで毛布にくるまって声を潜《ひそ》めて桜を眺める。

「……きれいだね」

「ええ」

昼間の、皆と見た晴れやかな桜も美しかったけれど、しんと静まり返った夜の桜は、また別格だと思う。

ふたりで黙って見つめていると、奏人の頭が智基の肩に寄りかかってくる。

毛布の内側で背中に腕が伸ばされ、智基も同じように奏人の背中に腕を回した。お花見をしながら、ゆっくりと抱きしめ合い、奏人がやわらかな色をたたえた瞳で見上げてくる。

「みんなとの花見も楽しいけど、ふたりっきりで見れるのって、いいね」

――奏人さん……。

誰にでも向けられるこの優しい眼差《まなざ》しが自分だけを見る時、胸がきゅんとする。まるで初めて恋に

落ちた時のように、いつでも心臓が高鳴った。

衝動のままに唇を重ね、抱き寄せる。

「…ん…」

生々しい口腔《こうこう》の感触。細い腰を手でなぞると、ぞわぞわと腹の奥が疼《うず》き出す。顔を傾け、深く唇を重ねながら互いにシャツの裾《すそ》に手を忍び込ませ、脱がせ合った。

奏人も、同じ気持ちになってくれたのか、吐息が熱くなっている。

静かな夜に、互いの呼吸と衣擦《きぬず》れの音だけが悩ましく響いて、衝動を煽《あお》った。

薄い毛布を剥《は》いで、素肌のまま抱き合うと奏人がくすくすと笑いながら囁《ささや》く。

「寒くない？」

「大丈夫です…」

陽射しはぬるんできたけれど、春の夜はまだ寒い。

「こうしてると温かいですから」

「わ…」

胡坐《あぐら》をかくように座り、向かい合うようにして奏人を乗せた。奏人が首に腕を回してキスしてくる。

髪を掻《か》き混ぜる奏人の指が心地よい。

悪戯《いたずら》するように耳をつまみ、時々頰《ほお》を包むようにしてくる。その感触に激しい波が腹の底から湧《わ》き上がって、奏人を強く抱き寄せた。

「うわ…智基、カチカチ…」

「奏人さんだって…」

声を抑《おさ》えながら、ふたりで笑う。

互いに興奮して下芯は張り詰めている。奏人がなだめるように扱《しご》いてくれるが、気持ちよくてすぐ透明な液を滴《したた》らせた。

「ぬるぬるだ…」

言いながら奏人の頬が赤くなる。照れている奏人は可愛《かわい》くて、握られた部分は余計興奮した。奏人をベッドに倒そうとすると、待って、というように肩に手を置かれ、奏人が腰を浮かす。

「奏人さん」

奏人が頬を染めたまま苦笑した。

「…あんまり物音立てると、入江たちが起きちゃうかもしれないから、さ」

ゆっくりと奏人が腰を落とし、熱を持った芯を飲み込んでいく。そんなことをされたのは初めてだった。

──こんなことしてくれるなんて…。

嬉《うれ》しいのと申しわけないのとで心配になる。

「奏人さん、大丈夫ですか」

「う、ん…たぶん、できると…思うよ……」

時々目を瞑《つぶ》って喉を反らすのを見ると、身体《からだ》が心配になるのだが、同時に悩ましい肢体《したい》に鼓動《こどう》が激しくなる。

「…ん……っ」

ゆっくりと根本まで埋められて、膝を立てた奏人が首に抱きつくように頭を預けてくる。首にかかる吐息とすんなりした腕の感触に、智基は耐えられずに奏人の腰を摑《つか》んで揺すった。

「…ぁ…っ…ぁ」

上下する奏人の身体が、より激しい快感と衝動を生み出す。軽く目を閉じて抑えた喘《あえ》ぎを漏《も》らす奏人は、我を忘れるほど悩ましい。

「奏人さん…、もっと、強くしても大丈夫ですか？」

「う…ん…んっ、ん、…んっ」

甘く鼻に抜けるような吐息が脳を刺激する。許しをもらうと、抑えきれない欲望のままに細い腰を激しく引き寄せて奥を穿つ。そのたびに悶《もだ》え、背をしならせて吐息を漏らす奏人の姿がたまらなくて、智基も熱い息を吐いた。

「ぁ、あ…っ、は……っ」

上下に揺すると、奏人の性器が腹にこすれて先端を濡《ぬ》らす。片手だけで奏人の腰を摑み、もう一方の手で奏人のそれを握ると、喘ぎはより切なく扇情的になる。

「んっ、んは…ぁ、ぁ、智基…っ」

ビクビクっと奏人の腰が震え、精を放つ。切羽《せっぱ》詰まった声が耳を刺激して、ぎゅっと腰も背中も抱き寄せ、奏人を全身で味わってその奥に欲情を放った。

「智基…」

荒い呼吸のまま、奏人が倒れ掛かるように抱きついてきた。

重みと熱と、乱れた呼吸がたまらなく心地いい。しばらく脱力したまま互いに抱きしめ合っていると、奏人が肩のあたりで小さく笑った。

「ベッド、せっかく広いのを買ったのに、僕たちいっつも固まってるね」

普段寝ている時も、抱き合って眠っているから、半分も使っていない。これならシングルでもよかったのではないかと思うくらいだ。

智基も一緒に笑った。

「本当ですね…」

智基としては、あの狭い木製ベッドのままでもよかった。寝返りも打てないくらいの狭さが、なんとなく好きだったのだ。けれど、この部屋に来てくれる奏人を見るのも幸せなので、ベッドを買い替えたのはよかったと思う。

ゆっくりと引き抜き、始末してとりあえずパジャマだけは着る。けれどふたりともなんとなく眠らずに桜を見ていた。

奏人のつむじを撫《な》でながら、つい気が緩んで気にしていることを口にした。

「木実里さんは、やっぱりすごいアーティストだったんですね」

「…？」

「入江さんたちも絶賛してたし…」

やはり、奏人には同じ世界の人間のほうが似合うのだろうか、とふと弱気になる。

「俺は、アートの世界のことはよくわからないから…」

そう呟《つぶや》くと腹のあたりに奏人の頭がそっと押しつけられて、胴体を抱きしめられた。

「今日はちょっと、そんな話が多かったよね。智基、アウェー感があったんじゃないかなと思ってたんだ」

「奏人さん…」

静かに、奏人の声が部屋を満たす。

「もちろん、木実里さんとか、他のみんなと話したり飲んだりするのは楽しいよ。でもそれと、一緒に暮らしていくこととは別だからね」

顔を上げて、智基は特別、と奏人が笑う。

「智基だって、僕が剣道の練習相手にならなくても、つまんないとは思わないだろ？」

――……そうか。

すとんと肩の重荷が下りて頷《うなず》く。

「僕も、智基の剣道部の飲み会に行ったら、多分アウェー感満載だと思う」

美的な感覚が合うことと、愛情は違うのだ。簡単な答えが見えなくなっていた自分に、智基も笑った。

「…そうですね」

負けないつもりでいて、いつの間にか木実里に振り回されていた自分に気付いた。

同じ人を愛した相手として、木実里の感情を否定したりはしない。彼は彼なりの理屈で奏人に接していくのだろう。けれど、大切なのは自分と奏人の信頼関係がちゃんとできているかどうかで、木実里は関係あるようでないのだ。

「…智基？」

ゆったりと微笑んで、奏人の額に接吻《くちづ》けた。

「こんなことを気にするなんて、俺はまだまだ器が小さいなって思ったんです」

木実里たちとの付き合いは、きっと奏人にはいい芸術的刺激になるだろう。それを認めた上で、自分は自分で焦《あせ》らずに生きていけばいいのだ。

答えを得て、安心したとたん、心地よい疲労感が襲ってくる。智基は笑いながら奏人を抱きかかえてベッドに倒れた。

「寝ましょう。夜が明けてしまいます」

他の誰にもできない、一緒に眠る奏人を独占するということができるのは自分だけだ。そう思うと幸福感で満たされる。腕の中で奏人もくすくすと笑っていた。

「そうだね。お休み…」

お休み、という穏《おだ》やかな声がいつまでも耳の奥に甘く響く。薄い毛布一枚で、ふたりは互いに温め合って眠った。

翌朝、起こしに来た入江に見つかって、ふたりは大いに赤くなった。

あとがき

お読みいただき、ありがとうございました。逢野冬《あいのとう》と申します。

このお話は２０１４年に「リンクス」様で掲載していただきました『ガラスドームの宇宙《うちゅう》』に加筆をしたものになります。

可愛らしい奏人《かなと》とカッコいい智基《ともき》を描いてくださった壱也《いちや》先生、本当にありがとうございました。また、担当様には雑誌掲載の時から色々とお手間をおかけしました。心から感謝しております。

鉱石や宝石（この厳密な区別はわからないのですが）は好きです。でも詳しいわけではないのでミネラルショー（石の展示即売会です）に行っては興奮して帰ってきます。

この展示会は楽しいので、都心近辺にお住まいの方にはおススメです。年に何回か、新宿や池袋、横浜の赤レンガ倉庫などで開催されます。

石もピンからキリまで。とても綺麗な粒をみかけても、値札が付いていないお店だとドキドキです。回転していない寿司屋に入ったようなものですから、恐ろしくてつい小さい粒を選んでしまいます。ここが庶民の悲しいところ…(笑)。

重さを量ってもらい、電卓で叩き出された表示額に思わず石を戻してみたり(苦)。あ、なにかロマンの無い話になりましたね。でも、お値段が張るだけのことはあって、そういう石は本当にきれいです。いつか、値札を見ないで買う「アントワネット方式(命名＝逢野)」をやってみたいものです。あと、研磨していないロックタイプがたくさんあるので、選び甲斐がありますよ。石の出会いも一期一会。運命の出会いもあります(笑)。

また、石というと、お店でしか買えないイメージですが、本当に趣味でやってらっしゃる方は、採取に行くそうです。日本国内でも美しい鉱石が採れるところがたくさんあって、山や河原とかを探しにいくのだそう。意外とあるんだ、とビックリしました。

石は長い時間をかけて結晶を育てていきます。そういう意味では、彼らもまた生き物なんだなと思います。主人公のふたりも、他の人たちよりはゆっくりかもしれないですが、ほのぼのと愛を育てていってほしいなと思います。

また、他のお話でお目にかかれますように…。ご感想などいただけたら幸いです。

逢野　拝

初出

まだ、恋を知らない	2014年 リンクス11月号掲載を加筆修正・改題
目覚ましのベルが鳴る前に	書き下ろし
みずいろの馬車のオルゴール	書き下ろし
夜桜	書き下ろし

LYNX ROMANCE

イラストレーター募集

リンクスロマンスでは、イラストレーターを随時募集いたします。

リンクスロマンスから任意の作品を選び、作品に合わせた
模写ではないオリジナルのイラスト（下記各1点以上）を描いてご応募ください。
モノクロイラストは、新書の挿絵箇所以外でも構いませんので、
好きなシーンを選んで描いてください。

1 表紙用カラーイラスト

2 モノクロイラスト（人物全身・背景の入ったもの）

3 モノクロイラスト（人物アップ）

4 モノクロイラスト（キス・Hシーン）

募集要項

＜応募資格＞

年齢・性別・プロ・アマ問いません。

＜原稿のサイズおよび形式＞

◆Ａ４またはＢ４サイズの市販の原稿用紙を使用してください。
◆データ原稿の場合は、Photoshop（Ver.5.0 以降）形式でＣＤ－Ｒに保存し、出力見本をつけてご応募ください。

＜応募上の注意＞

◆応募イラストの元としたリンクスロマンスのタイトル、あなたの住所、氏名、ペンネーム、年齢、電話番号、メールアドレス、投稿歴、受賞歴を記載した紙を添付してください（書式自由）。
◆作品返却を希望する場合は、応募封筒の表に「返却希望」と明記し、返却希望先の住所・氏名を記入して返送分の切手を貼った返信用封筒を同封してください。

＜採用のお知らせ＞

◆採用の場合のみ、６カ月以内に編集部よりご連絡いたします。
◆選考に関するお電話やメールでのお問い合わせはご遠慮ください。

宛先

〒151-0051 東京都渋谷区千駄ヶ谷 4−9−7
株式会社　幻冬舎コミックス
「リンクスロマンス　イラストレーター募集」係

この本を読んでの
ご意見・ご感想を
お寄せ下さい。

〒151-0051
東京都渋谷区千駄ヶ谷4-9-7
(株)幻冬舎コミックス　リンクス編集部
「逢《あい》野《の》 冬《とう》先生」係／「壱也《いちや》先生」係

リンクス ロマンス

まだ、恋を知らない

2016年2月29日　第1刷発行

著者……………逢《あい》野《の》 冬《とう》
発行人…………石原正康
発行元…………株式会社　幻冬舎コミックス
〒151-0051　東京都渋谷区千駄ヶ谷4-9-7
TEL 03-5411-6431（編集）
発売元…………株式会社　幻冬舎
〒151-0051　東京都渋谷区千駄ヶ谷4-9-7
TEL 03-5411-6222（営業）
振替00120-8-767643
印刷・製本所…株式会社　光邦
検印廃止

ISBN978-4-344-83658-7 C0293
Printed in Japan

幻冬舎コミックスホームページ　http://www.gentosha-comics.net